Kirsten Boie

Eine Welt aus Büchern

Kirsten Boie, 1950 in Hamburg geboren, ist eine der renommiertesten deutschen Kinder- und Jugendbuchautorinnen. Für ihr Gesamtwerk wurde sie mit dem Sonderpreis des Deutschen Jugendliteraturpreises geehrt. Kirsten Boie hat viele beliebte Kinderbuchfiguren für alle Altersgruppen erschaffen, darunter »Der kleine Ritter Trenk«, »Seeräubermoses«, »King-Kong«, »Die Kinder aus dem Möwenweg« und »Thabo«. Darüber hinaus ist die promovierte Literaturwissenschaftlerin mit großem Einsatz auf dem Gebiet der Leseförderung aktiv. Für ihr Engagement für die deutsche Kinder- und Jugendliteratur wurde ihr 2019 die Hamburger Ehrenbürgerwürde verliehen. Nicht nur »Paule ist ein Glücksgriff« – so der Titel ihres Debütromans –, sondern auch »Kirsten Boie ist ein Glücksfall für die deutsche Kinderbuch-Literatur« (NDR).

Kirsten Boie

NICHT CHICAGO, NICHT HIER

Verlag Friedrich Oetinger · Hamburg

Klimaneutral
Druckprodukt
ClimatePartner.com/53248-2011-1002

Dieses Buch wurde klimaneutral produziert. Dadurch fördern wir anerkannte Nachhaltigkeitsprojekte auf der ganzen Welt. Erfahre mehr über die Projekte, die wir unterstützen, und begleite uns auf unserem Weg unter www.oetinger.de

FSC
www.fsc.org
MIX
Papier aus verantwortungsvollen Quellen
FSC® C014496

1. Auflage

Max-Brauer-Allee 34, 22765 Hamburg

Diese Ausgabe ist ursprünglich erschienen in:
Oetinger Taschenbuch in der Verlag Friedrich Oetinger GmbH, 2013

Druck: GGP Media GmbH,
Karl-Marx-Straße 24, 07381 Pößneck, Deutschland
Printed 2021
ISBN 978-3-7512-0251-0

www.oetinger.de

Vorwort der Autorin

Ich finde das ziemlich erschreckend.

Als ich dieses Buch geschrieben habe – das ist viele Jahre her –, hätte ich niemals geglaubt, dass es so viele Jugendliche gibt, denen es geht wie Niklas. Und nicht nur bei uns in Deutschland, sondern überall auf der Welt. Immer wieder hören wir sogar, dass ein Jugendlicher, der Opfer von Mobbing geworden ist, versucht hat, sich das Leben zu nehmen, weil er seine Situation nicht mehr länger ertragen konnte. Und vor allem hätte ich niemals geglaubt, dass es das Problem so viele Jahre später immer noch geben würde.

Durch das Internet, Smartphones und Social Media sind Jugendliche heute viel vernetzter als früher. Mit den neuen Netzwerken und Kommunikationswegen sind auch die Möglichkeiten, Mitschüler zu terrorisieren, mehr geworden. Vielleicht ist es also sogar schlimmer geworden. Müssten deshalb nicht auch unsere Überlegungen, wie wir dagegen angehen können, mehr werden? Wie wir denen helfen können, die es trifft? Sogar, übrigens, wenn wir sie vielleicht nicht einmal mögen: Niemand, egal wie sympathisch oder unsympathisch er uns ist, sollte erleben müssen, was Niklas erlebt.

Dass diese Geschichte nicht heute spielt, merkt man an einer ganzen Reihe von Dingen. Das Merkwürdigste ist vielleicht das Quix. Das Quix war ein Pager, ein ungefähr walnussgroßes Gerät, mit dem man Textnachrichten

empfangen, aber nicht selbst senden konnte. Direkt vor der Verbreitung von Handys hatte ungefähr fünf Jahre lang fast jeder Jugendliche ein Quix. Als dann Handys billiger wurden und damit auch immer weiter verbreitet, verschwand das Quix innerhalb kürzester Zeit. Pager werden aber bis heute immer noch von Rettungsdiensten, Feuerwehren, z.T. auch in Krankenhäusern genutzt, überall, wo schnell lebenswichtige Nachrichten verschickt werden müssen. Der Vorteil gegenüber Handys ist, dass es keine Funklöcher oder andere Störungen gibt.
Heute hätte Niklas ein Handy und kein Quix. Aber für das Thema spielt das keine Rolle. Ich wünschte, es wäre anders.

Ich mach ihn tot.
Ich bring ihn um, ich schwör, ich mach ihn tot, ich tret ihm so die Fresse ein, dass er niemals mehr …
Ich mach ihn tot.
Ich bring ihn um, ich schwör.

»Ja«, sagt Thomas. Der Vater. »Ja.« Er starrt auf die Käfigtür.
Der Himmel sieht aus wie in Vampirfilmen, Wolken jagen vor dem Mond.
»Rex!«, ruft Niklas. »Rexo, Rex! Er ist weg, wo bist du Rex, wo bist du!«
»Niklas!«, sagt Karin. Die Mutter. Packt ihn an den Schultern, rüttelt ihn. »Niklas, beruhige dich! Wir finden ihn wieder!«
»Rex!«, schreit Niklas. »Rexo!« Dann stößt er einen Ton aus, hoch und schrill, lang gezogen, nicht enden wollend. Es ist nur ein Kaninchen.
»Niklas!«, ruft Karin wieder und rüttelt ihn. »Hör auf, Niklas, hör doch auf!«
Svenja richtet sich auf, gerät dabei ins Auge des Bewegungsmelders. Auf einmal ist das Gehege um den Käfig hell erleuchtet. Das heruntergetretene Gras, die feuchte Erde, uneben und immer wieder festgestampft, wo Rex begonnen hat, seine Gänge zu graben. Steine und armdicke Äste zum Nagen.
»Weg«, sagt Svenja. Leise. »Hier ist er sicher nicht mehr.«
Der Mond verschwindet, gleichzeitig lässt die Zeituhr die Außenstrahler verlöschen.
»Ja«, sagt Thomas hilflos und macht die Käfigtür zu. Behutsam, als könne etwas zerbrechen. Legt den Haken in die dafür vorgesehene Öse. Der Beschlag mit dem kleinen Vorhängeschloss aus Messing hängt an einer Schraube; wo er vom Rahmen losgestemmt ist, ist das Holz gesplittert.

»Hättet ihr das geglaubt? Ich niemals.«
Niklas' Heulen ist in ein Schluchzen übergegangen.
»Lasst uns reingehen«, sagt Karin und tippt Niklas sanft auf die Schulter. »Komm, Niklas. Komm.«

Sie haben den Garten abgesucht, gebeugt, mit kleinen Schritten. Svenja hat Taschenlampen aus dem Keller geholt.
Inzwischen sind sie auf der Straße, laufen, rufen, leuchten ins Gebüsch, in jeden Schatten, hinter die geparkten Autos.
»Rex!«, ruft Niklas. »Rexo!«
Karin bringt ihnen Jacken, hängt sie dem unwilligen Niklas über die Schultern.
»Ihr müsst euch doch nicht auch noch erkälten!«, sagt sie. »Wenn Rex weg ist, ist das natürlich nicht schön, aber ihr müsst euch doch nicht auch noch ...«
»Karin!«, sagt Svenja. »Sei jetzt endlich mal still!«
Und Karin protestiert nicht. Sagt nicht, sie verbitte sich diesen Ton.
Sie geht auf die andere Straßenseite, selber ohne Jacke, und sucht mit.

»Vielleicht finden wir ihn morgen noch«, sagt Thomas tröstend. Die Helligkeit im Wohnzimmer blendet sie fast. »Wir kleben überall Zettel an die Bäume. Rex ist doch zahm! Wenn den jemand findet, kann er ihn ganz leicht einfangen. Bestimmt kriegst du ihn doch noch zurück, Niklas.«

Niklas sitzt jetzt ganz still. Er hat aufgehört zu heulen und er hat aufgehört zu schluchzen. Jetzt braucht er Zeit, sich an den Gedanken zu gewöhnen.
»Das ist doch Mist, Thomas!«, sagt Svenja böse. »Und das weißt du auch ganz genau! Du willst Niklas nur trösten!«
Thomas zuckt die Achseln. Alle vier da im hellen Wohnzimmer sehen jetzt, jeder für sich, die Straßen, Autos, sehen ein kleines weißes Kaninchen, sehen weg; sehen Katzen, geduckt, die Augen zu Schlitzen verengt, lauernd, sehen ein kleines weißes Kaninchen. Sehen weg.
»Niklas!«, sagt Karin. »Niklas, du bist doch schon dreizehn. Und, Niklas – wir gehen morgen und kaufen …«
»Wir gehen morgen zur Polizei und erstatten Anzeige«, sagt Thomas. »Wir hätten das längst tun sollen. Ich mache mir Vorwürfe, dass wir das nicht längst getan haben.«
Karin guckt unsicher.
»Es ist ein Kaninchen, Thomas«, sagt sie. »Ich meine – es ist nur ein *Kaninchen.*«
»Ich gehe morgen und erstatte Anzeige«, sagt Thomas.

Sie haben beim Abendbrot gesessen, als Svenja auf die Uhr geguckt hat.
»Oh, Scheiße!«, hat sie gerufen. »Ich hab Mimi versprochen, sie noch vor acht anzurufen!«
»Gewöhn dir doch endlich die Kraftausdrücke ab«, hat Karin gesagt.
»Jaja, passiert schon noch«, hat Svenja ungeduldig ge-

sagt. »Aber das muss ich noch mal schnell machen. Wir wissen noch nicht genau, wo wir heute Abend hinwollen.«
»Na, das ist auch wichtig«, hat Thomas gesagt und kopfschüttelnd nach der Wurst gelangt. »Disco oder Disco. Die Qual der Wahl.«
Aber Svenja ist längst verschwunden.
Dann hören sie sie rufen.
»Da sind welche!«, ruft Svenja. »Thomas, komm mal! Da sind welche in unserem Garten!«
»Was?«, sagt Thomas.
»Komm mal, Thomas, schnell!«, ruft Svenja. »Da sind welche an unserer Garage, Thomas, zwei Typen, die ...«
Ein Stuhl schlägt auf den Boden.
Thomas reißt die Haustür auf.
»Hallo?«, ruft er. »Hallo, was suchen Sie denn hier?«

Der Junge, der verlegen zur Haustür kommt, ist sicher nicht älter als vierzehn. Er hat ein liebes, offenes Kindergesicht, ein Schnürsenkel schleift über den Boden.
»Bitte, entschuldigen Sie bitte«, sagt der Junge. Im Licht der Eingangsbeleuchtung kann man sehen, wie rot er geworden ist. »Ich wollte nicht ... Ich hab hier nur ...«
»Ja?«, sagt Thomas. Schon ein bisschen freundlicher. Keine Einbrecher. Keine Gewalt.
Ein Kind.
Der Junge holt tief Atem.
»Ich such hier jemanden«, sagt er schnell. »Den – Michael,

den – Krabat, ich dachte, er wohnt – ich hab die Nummer nicht gefunden. Wohnt der hier?«
Thomas schüttelt den Kopf. Der Junge tut ihm Leid. So peinlich muss es einem Kind nicht sein, wenn es auf einem falschen Grundstück nach jemandem sucht.
»Wir wollten zusammen zu einer Party«, sagt der Junge eilig. »Und Michael wollte – der wohnt hier echt nicht?«
Thomas lacht. »Ich weiß doch, wer in meinem Haus wohnt«, sagt er. »Tut mir Leid, aber ich kann dir auch gar nicht weiterhelfen. Hier in der Straße wohnt auch keiner, der so heißt, soweit ich weiß.«
Der Junge geht ein paar Schritte rückwärts.
»Dann entschuldigen Sie bitte«, ruft er, schon im Laufen. »Ich glaub, ich such den dann – ich guck mal – entschuldigen Sie bitte!«
Thomas schüttelt lachend den Kopf. »Du meine Güte, war der aufgeregt«, sagt er. »War dem Bengel sein Irrtum peinlich.«
Niklas kommt aus dem Schatten der Küchentür.
»Das war Jannis«, sagt er.

»Es waren zwei!«, sagt Svenja. Sie hat sich wieder mit an den Tisch gesetzt. »Eben waren das noch zwei.«
»Dann ist der Zweite abgehauen«, sagt Thomas. »Wirklich, das *war* dem peinlich! Wir müssten wirklich mal eine beleuchtete Hausnummer anschaffen. Die armen Bengels.«
Karin lacht auch. »Der hatte wahrscheinlich Angst, du schießt gleich auf ihn. Wohin geht ihr denn jetzt, Svenja?«

»Und warum an der Garage?«, fragt Svenja halsstarrig. »Warum suchen die an der Garage? Wenn ich gucken will, ob einer da wohnt, dann guck ich doch an der Haustür.«
»Hausnummer?«, sagt Thomas. »Gib mir mal die Butter, Niklas. Vielleicht dachten sie, die Hausnummer ist an der Garage?«
Niklas reicht die Butter über den Tisch.
»Irgendwas ist komisch«, sagt Svenja. »Findest du auch, oder?«
»Das war Jannis«, sagt Niklas wieder. »Der da eben.«
»Und wer ist Jannis?«, fragt Thomas.
»Ein Freund von Rocky«, sagt Niklas.

Svenja hat sich geschminkt und ihre Discosachen angezogen.
»Ich sag euch, da ist irgendwas komisch«, sagt sie bockig. »Aber bitte, wenn ihr nicht ...«
»Niklas hat selbst gesagt, dieser Jannis war noch nie bei ihm«, sagt Thomas. »Was ist also komisch? Der hat vielleicht einfach Adressen durcheinander gekriegt. Die von Niklas und von diesem Michael mit dem ulkigen Namen.«
»Krabat«, sagt Svenja mit Betonung. »So heißt ein Buch.«
»Ein Buch?«, sagt Karin.
»Das lesen alle siebten Klassen«, sagt Niklas. »Wir müssen als nächste.«
Thomas sieht Karin an.

»Also jetzt geh ich doch mal gucken«, sagt er.
An der Garage ist alles in Ordnung.
Der Käfig daneben steht offen.

Wann hat es angefangen?
Die Osterferien sind zu Ende, Niklas sitzt im Bus, den Rucksack auf den Knien; Rückfahrt am ersten Tag, viel ist noch nicht passiert.
Der Neue steht neben ihm, den Rucksack an einem Riemen über der Schulter. Steht sicher, breitbeinig, jede Kurve, jedes Bremsen federt er ab in den Knien; die Fingerknöchel an der Hand, die die Haltestange umklammert, sind weiß, er schafft es, kaum zu schwanken.
»Du kannst hier mit sitzen«, sagt Niklas. »Ich rutsch einfach.«
Der Neue schüttelt kaum merklich den Kopf, er guckt weiter aus dem Fenster oder irgendwohin, Niklas ist sich nicht sicher, ob er ihn überhaupt gehört hat.
»Scheißschule eure Schule, oder«, sagt der Neue zum Fenster. »Voll bescheuert.«
Niklas nickt. Seine Schule ist so bescheuert wie vermutlich alle Schulen. Schulen *sind* bescheuert. Man muss Mathe lernen, Grammatik, Rechtschreibung, schon deshalb können sie nicht nicht bescheuert sein. Und Englisch. Und jetzt auch noch Latein.
»Geht so«, sagt Niklas.
Der Neue lässt eine Kaugummiblase platzen. Niklas wüsste gern, ob in der Zigarettenschachtel, die den ganzen Morgen in der Schule schon aus seiner Brusttasche geguckt hat, wirklich Zigaretten ste-

cken. Er glaubt es aber eigentlich. Im Bus ist Rauchen nicht erlaubt.
»Darf ich bitte mal vorbei?«, sagt eine alte Frau. Sie hat auf den Knopf für das Haltesignal gedrückt, vorne im Bus leuchtet rot der Schriftzug. *Bus hält.*
»Hallo!«, sagt die Frau. »Darf ich bitte mal ...«
Der Neue dreht sich nicht um. Er beugt eine Schulter ein klein wenig vor, gerade so viel, dass man vermuten kann: Er hat die Frau gehört. Seine Beine stehen fest, wo sie stehen.
»Das gibt's doch nicht!«, sagt die Frau, aber da hält der Bus mit einem Ruck, und sie drängt vorbei, zwängt sich seitlich, dass der Neue ein wenig gestoßen wird; aber nur gerade so viel bewegt er sich, wie sich nicht vermeiden lässt. Seine Beine bleiben am Fleck. Seine Fingerknöchel schimmern weiß.
Niklas dreht den Kopf nach oben, seitlich, dass er den Neuen ansehen kann. Würde gerne etwas sagen, jetzt, »Hast du die Alte nicht gehört«, zum Beispiel, »geil, ej«, irgendwas. Der Zeitpunkt ist schon verpasst.
Gleich hinter dem Ortsschild steigt der Neue aus.
»Ciao«, sagt er.
Niklas nickt, ärgert sich, dass er es nicht im letzten Augenblick noch geschafft hat, das Lächeln von seinem Gesicht zu nehmen.
In der Bustür bleibt der Neue stehen und dreht sich noch einmal um. Mit dem Ellenbogen stemmt er

sich gegen die geöffnete Falttür, dass der Fahrer sie nicht schließen kann.
»Wir sehen uns morgen«, sagt er. Kein Muskel in seinem Gesicht zuckt.
»Hallo, du da hinten!«, ruft von vorne der Fahrer. »Raus da, aber dalli! Ich hab einen Fahrplan einzuhalten!«
Der Neue hebt die Hand wie zum Gruß und lässt sein Kaugummi platzen.
Dann gibt er die Tür frei.
Draußen sieht er nicht mehr hoch, und Niklas merkt, wie er sich in seinem Sitz zurücklehnt, jetzt erst.
Obwohl es kaum mehr lohnt. Die nächste Haltestelle ist seine.

Der Neue ist am ersten Tag nach den Ferien in die Klasse gekommen. Frau Römer hat ihn vorgestellt, aber keine Sekunde hätte irgendwer geglaubt, dass er nicht auch den Mut gehabt hätte, allein in die Klasse zu gehen.
Wie er dasteht, wie er die Klasse mustert, kalt.
»Das ist Karl«, sagt Frau Römer und lächelt. »Guck mal, wo du sitzen magst, Karl. Viel ist ja nicht mehr frei. Aber ich mache demnächst sowieso eine neue Sitzordnung.«
Niklas stöhnt, alle stöhnen. Frau Römer ist nicht schlecht, aber ihre Sitzordnungen sind grausam. Wenn man nicht aufpasst, sitzt man neben

einem Mädchen, und nur, damit man nicht schwatzt.
»Da drüben vielleicht«, sagt Frau Römer und lächelt Karl aufmunternd zu. »Okay?«
Karl zuckt die Achseln, aber er geht zu dem Platz und lässt seinen Rucksack in den Gang fallen. Dann setzt er sich.
»Am besten, du erzählst selbst ein bisschen was über dich, Karl«, sagt Frau Römer wieder und lächelt.
Aber Karl lächelt nicht zurück.
»Machen Sie mal«, sagt er, und Frau Römer zuckt zusammen. Kaum merklich. Aber Niklas sieht es genau.
»Na gut, dann ich«, sagt sie. Sie lächelt schon wieder. »Karl ist neu hierher gezogen, in den Ferien. Habt ihr euch noch nicht getroffen, Niklas? Er wohnt bei euch im Ort.«
Niklas schüttelt den Kopf.
»Ist doch schön, könnt ihr zusammen fahren«, sagt Frau Römer und schlägt schon das Klassenbuch auf. »Und auch mal gemeinsam arbeiten. Wenn irgendwas ist, Karl, du kannst immer zu mir kommen.«
Karl nickt nicht zur Antwort. Karl sieht aus, als hätte er nichts gehört, als ginge ihn dies hier nichts an.
»Alles klar«, sagt er.
Also hat er doch zugehört.

Niklas hat überlegt, was *gemeinsam arbeiten* bedeuten soll, schließlich hat Frau Römer das extra gesagt. Zusammen fahren, das ist logisch, es gibt nur den einen Bus. Aber gemeinsam arbeiten – er weiß nicht, ob er das will, nicht mit dem Neuen. Kann sein, der Neue macht ihm Angst.

»Partnerarbeit, das haben wir schon lange nicht mehr gehabt«, sagt Frau Römer und schreibt die verschiedenen Aufgaben an die Tafel. »Ihr habt die ganze Woche Zeit, aber ihr solltet euch schon auch mal nachmittags zusammensetzen. Nur im Unterricht, da wird die Zeit kaum reichen.«

Sie gibt Niklas einen Bogen, dann Hendrik, der neben ihm sitzt. »Am besten, ihr sucht eure Partner auch ein bisschen danach aus.«

»Wollen wir?«, fragt Hendrik. Nicht dass sie direkt befreundet sind; aber sie sitzen nebeneinander, schon das ganze Schuljahr, und Hendrik ist auch nicht so gut. Ein Guter würde vielleicht nicht mit Niklas arbeiten wollen, die Guten wollen meistens mit den Guten.

Aber da ist Frau Römer schon dazwischengegangen.

»Karl, du könntest dich ja vielleicht mit Niklas zusammensetzen«, sagt sie. »Dann habt ihr es nicht so weit. Und lernt euch gleich ein bisschen kennen.«

Karl sieht sie an, lange. Nicht fragend. Nicht zustimmend.

Frau Römer versucht zu lächeln. »Na, was ist«, sagt sie.
Karl sieht sie immer noch an.
»Mir egal«, sagt Karl. Genau in ihre Augen hinein.

Das also war der Anfang.
»Ich komm dann nachher zu dir«, sagt Niklas im Bus auf der Rückfahrt. »Müssen wir wohl.«
Natürlich will Karl nicht mit ihm arbeiten. Aber Niklas ist nicht daran schuld. Frau Römer hat sie eingeteilt.
Karl steht einfach so da. Mitten im Gang. Niklas erwartet auch nicht, dass Karl ihm antwortet.
Als der Bus hält, stemmt Karl sich wieder gegen die Tür.
»*Ich* komm zu dir«, sagt er.
Dann gibt er die Tür frei.

Niklas hat überlegt, ob er sein Zimmer aufräumen soll. Es sieht grauenvoll aus, sagt Karin. Grauenvoll ist ja noch ein Kompliment für so ein Zimmer, sagt Svenja. Halt du dich da raus, sagt Niklas.
Wenn Karl heute kommt, könnte man es machen. Niklas hebt die Unterhosen auf und die Socken und die Sweatshirts und stopft sie im Bad in die Wäschetonne. Kann sein, sie sind schmutzig, kann sein, sie sind sauber. Jetzt kann man wieder treten.
»Ich fass es nicht«, sagt Svenja. »Du räumst auf?«
Aber ganz so weit muss Niklas vielleicht doch

nicht gehen. Er schiebt ein paar Sachen mit dem Fuß beiseite und schmeißt eine vertrocknete Bananenschale in den Papierkorb. Dann räumt er den Schreibtisch frei.
In seinem Magen sitzt ein kleines, hartes Gefühl, das kann er nicht erklären. Schließlich ist Karl nur Karl. Einer aus seiner Klasse. Nicht anders als Hendrik.
Ganz anders.

Als es klingelt, geht Karin an die Tür. Sie ist neugierig, sie will wissen, mit wem Niklas sich trifft. Vielleicht müssen Mütter das.
Als sie Karl oben ins Zimmer führt, sieht Niklas die Verwirrung auf ihrem Gesicht.
»Hier ist es«, sagt sie und hält Karl die Tür auf. Ihr Lächeln ist wie aus Porzellan. »Mein Gott, Niklas, ich dachte, du hättest aufgeräumt.«
Aber Niklas weiß, dass er jetzt nicht antworten muss. Nicht jetzt, wo Karl da ist.
»Soll ich euch was zu trinken bringen?«, fragt Karin.
Niklas wartet, was Karl dazu sagt, aber Karl bleibt stumm. Dreht sich nicht um, um Karin anzusehen, sagt nicht, danke, ja gern. Lässt seine Blicke durchs Zimmer wandern, hält an auf Niklas' Gesicht.
»Wo wollen wir?«, fragt er.
Als ob Karin nicht da wäre.
Karin zieht die Tür zu und geht.

Und Karl ist klug. Karl ist einer von den Guten, davon hat Niklas in der Schule noch nichts gemerkt. Karl versteht alles. Sagt Niklas, was er schreiben soll, zeichnet ein Diagramm.
»Warst du gut in deiner alten Schule?«, fragt Niklas.
»Hast du keine Musik«, sagt Karl.
Niklas schüttelt den Kopf. Der CD-Player steht hinten im Regal, staubig, weil Karin sich weigert zu putzen, solange nicht aufgeräumt ist. Musik findet Niklas nicht so aufregend.
»Meine Schwester«, sagt er. »Die hat Berge von CDs.«
»Hol mal«, sagt Karl, ohne aufzusehen.
Als Niklas zurückkommt, lehnt Karl am Kleiderschrank und betrachtet das Zimmer.
»Spielst du noch Lego«, sagt er, und Niklas spürt, wie das Gefühl stärker wird, das Gefühl, das er jedes Mal hat, wenn er mit Karl spricht.
Er schrumpft.
»Lego *Technik*«, sagt Niklas und hebt das Elektronikteil auf, das er zum Geburtstag gekriegt hat. Vorher hatte er nur Elektromotoren. »Ist ganz geil irgendwie.«
Karl guckt ihn nicht an, nicht ihn und nicht das Elektronikteil. Er blättert die CDs durch, die Niklas aus Svenjas Zimmer geholt hat.
»Lass mal«, sagt er. »Die. Tu rein.«
Und Niklas legt die CD in den Spieler und hofft,

dass Svenja noch lange beim Basketball sein wird. Danach sagt Karl ihm wieder, was er schreiben soll.

»Ein sonderbarer Junge«, sagt Karin beim Abendbrot. »Woher kommt der?«
»Das ist doch der Neue«, sagt Niklas und häuft einen Berg Tunfisch auf seinen Teller.
Karin zieht ihm die Schüssel weg. »Nicht gleich alles, Niklas!«, sagt sie. »Andere wollen auch noch. Natürlich ist das der Neue. Aber woher kommt der? Was machen die Eltern?«
Svenja stöhnt. »Karin!«, sagt sie. »Echt jetzt, das nervt so! Warum willst du immer wissen, was die Eltern machen? Der kann trotzdem ein Arsch sein, auch wenn die Mutter Pastorin ist, und total nett, wenn der Vater Banken ausraubt.«
»Ich weiß«, sagt Karin. »Irgendwas ist sonderbar an ihm, ich weiß nur nicht, was.«
»Vielleicht ist er ein Alien?«, sagt Svenja, und jetzt leert sie seelenruhig die Tunfischschüssel, ohne dass Karin dazwischengeht.
Karin lacht. »Mach du dich nur lustig«, sagt sie.
Niklas lacht nicht. Es gibt keine Aliens.

»Du hattest meine CDs!«, schreit Svenja, als Niklas noch vor dem Fernseher sitzt. »Ohne mich zu fragen! Bist du bescheuert?«
»Du hast sie ja zurück!«, sagt Niklas. »Reg dich

nicht auf!« An der Fernbedienung drückt er den Ton so laut, dass es dröhnt.
»Idiot!«, sagt Svenja. Sie hat den Fernseher ausgeschaltet. »Und meine Boyz-CD? Gib die zurück, aber sofort!«
»Cool bleiben!«, sagt Niklas und steht langsam auf. Die CD haben sie gehört, zweimal. Wahrscheinlich liegt sie noch in seinem CD-Player, blöd von ihm. Sonst hätte Svenja überhaupt nichts gemerkt.
Aber im CD-Player ist sie nicht, und dass sie irgendwo zwischen den tausend Sachen auf seinem Fußboden liegt, glaubt Niklas auch nicht.
»Guck noch mal, ich glaub, du hast sie doch«, sagt er vorsichtig. »Hier ist sie nicht, jedenfalls.«
»Glaubst du, ich bin blind?«, schreit Svenja. »Sie ist nicht dabei, sag ich doch, aber das ist ja auch kein Wunder, so wie dein Zimmer aussieht! Da würde ja kein Mensch irgendwas wieder finden!«
Sie starrt Niklas wütend an.
»In spätestens einer halben Stunde hab ich sie«, sagt Svenja. »Sonst wirst du dich wundern.«
Niklas schlägt seine Zimmertür zu. Er glaubt nicht, dass sich die CD in der nächsten halben Stunde anfinden wird.

»Natürlich gehe ich und erstatte Anzeige«, sagt Thomas. »Was heißt hier, nur ein Kaninchen.«
»Willst du nicht wenigstens noch mal die Eltern ...«, sagt Karin unsicher.
»Das hab ich schon oft genug getan«, sagt Thomas. Böse.
»Von diesem Jannis nur«, sagt Karin bittend. »Bei dem ist es das erste Mal. Bitte!«
Thomas sieht Niklas an. »Hast du die Nummer?«, fragt er.
Niklas zuckt die Achseln. »Egal«, sagt er.
»Niklas!«, sagt Karin ärgerlich. »Verstehst du nicht, wir können doch nicht Anzeige erstatten, ohne vorher wenigstens ...«
»Von mir aus braucht ihr keine Anzeige zu machen«, sagt Niklas. »Das bringt sowieso nichts. Weiß doch jeder. Und Rexo ist sowieso weg.«
Dann tritt er plötzlich wild nach der Zeitung, die auf dem Boden liegt.

Die Nummer kennt Niklas nicht, aber Jannis' Nachnamen weiß er.
Die Stimme, die über den Lautsprecher ins Wohnzimmer dringt, ist freundlich. Höflich, an schwierige Gespräche, an Verhandlungen gewöhnt. Eine Stimme in Anzug und Krawatte.
»Jannis?«, sagt die Stimme. Man sieht die gehobenen Brauen. »Das kann ich mir gar nicht vorstellen. Sind Sie wirklich sicher, dass es Jannis war?«

»Mein Sohn kennt ihn«, sagt Thomas. Wer so spricht, ist gleich im Unrecht. Ungeduldig. Unfreundlich. »Hören Sie, das ist jetzt das ich-weiß-nicht-wievielte Mal ...«
»Aber doch sicher nicht Jannis«, sagt die höfliche Stimme. »Wir beiden sprechen doch zum ersten Mal miteinander.«
»Ihr Sohn ist ein Freund von einem gewissen Rocky«, sagt Thomas. Man hört, er versucht, sich zusammenzunehmen. »Und dieser Rocky ist ein Freund von ...«
»Es tut mir Leid, was bei Ihnen passiert ist«, sagt die Stimme am anderen Ende. Jetzt hat sie das Sakko zugeknöpft und sich aufgerichtet, die Hände auf die Tischkante gestützt. Jetzt schafft sie klare Verhältnisse. »All diese Freunde von Freunden sagen mir gar nichts. Und Sie werden sicher verstehen, dass ich zuerst mit meinem Sohn sprechen muss. Und der ist zur Zeit bei einer Feier.«
»Bei Michael Krabat«, sagt Svenja spöttisch.
»Bitte?«, sagt die Stimme scharf. »Hören Sie, wer nimmt denn da alles ohne mein Wissen an unserem Gespräch teil?«
Thomas gibt Svenja wütend ein Zeichen.
»Gut, sprechen Sie mit Ihrem Sohn«, sagt er. »Aber das eine sage ich Ihnen, wenn sich die Sache nicht aufklärt, restlos, dann erstatte ich Anzeige. Mir reicht es jetzt.«
»Das höre ich«, sagt die Stimme trocken. »Ich spreche mit Jannis. Guten Abend.«
Dann wird aufgelegt.
Svenja rutscht von der Sessellehne auf den Sitz. »Herz-

lichen Glückwunsch«, sagt sie. »Jetzt hast du sie gewarnt. Jetzt basteln sie ein Alibi.«
»Wolltest du nicht zur Disco?«, sagt Thomas böse.
Svenja streckt die Beine von sich.
»Solche Scheißkerle«, sagt sie.

Niklas ist mit Karin zum Friedhof gefahren, als es am nächsten Morgen an der Haustür klingelt.
Jannis steht davor, immer noch Kindergesicht, immer noch leuchtend rot. Der Schnürsenkel gebunden diesmal.
»Entschuldigen Sie bitte, dass ich Sie am Sonntag so früh störe«, sagt er. Man sieht, was es ihn kostet, dieses Gespräch zu führen. »Aber mein Vater hat erzählt, dass Sie angerufen haben, und da ...«
»Ja?«, sagt Thomas.
»Das ist nur ein Zufall!«, sagt Jannis hilflos. »Bitte, glauben Sie mir doch! Warum sollte ich so was machen? Ich kenn den Niklas doch gar nicht richtig, was sollte ich denn gegen ihn haben? Und ich würde doch nie ein Kaninchen ...« Er sieht aus, als ob er gleich anfangen wird zu weinen.
»Bitte!«, sagt Jannis.
Thomas guckt unsicher. Dann nimmt er sich zusammen.
»Es täte mir sehr Leid, wenn ich dich zu Unrecht beschuldige«, sagt er. »Aber du musst doch zugeben, dass es ein verdammt sonderbarer Zufall wäre. Wo unserem Sohn schon seit Tagen angedroht wird ...«
»Aber doch nicht von mir!«, schreit Jannis. Verzweifelt.

»Aber du kennst Rocky«, sagt Thomas.
»Bitte!«, sagt Jannis. Gleich wird er weinen, bestimmt. »Ich kann doch nichts dafür, wenn irgendwelche Leute ...«
Jetzt fällt es Thomas wieder ein.
»Und der Name«, sagt er, »war auch ausgedacht. Von dem, den du angeblich gesucht hast.«
Jannis schüttelt immerzu den Kopf. »Michael!«, sagt er. »Mit dem wollte ich zur Party! Wir hatten uns verabredet! Wir wollten da zusammen hingehen!«
»Krabat«, sagt Thomas.
Jannis starrt ihn an. *»Weber«,* sagt er. »Hab ich Krabat gesagt? Das lesen wir grade in der Schule, ich war so erschrocken, es war mir so peinlich alles – *bitte* glauben Sie mir doch, *bitte*!«
Thomas sieht ihn an. So kann niemand lügen.
»Ich muss darüber nachdenken«, sagt er.

»Michael Weber«, sagt Svenja. Sie lehnt oben an der Geländerbrüstung, das Klingeln hat sie geweckt. »Das lässt sich ja leicht klären. Der geht in die Neunte, glaub ich.«
Sie gähnt. »Jetzt wird man wegen dem Mist auch noch sonntags morgens geweckt«, sagt sie. »Ich ruf den nachher mal an. Entweder der Kleine sagt die Wahrheit oder nicht.«
»Das fasst es treffend zusammen«, sagt Thomas. »Ich will jetzt endlich, dass Schluss ist.«
Da läutet zum dritten Mal an diesem Morgen das Telefon.

Wie immer meldet sich niemand.
»Ich geb doch nicht Hunderte von Mark für eine Überwachung aus, nur um rauszukriegen, dass er es tatsächlich ist!«, sagt Thomas wütend.
»Der ruft sowieso von der Zelle an«, sagt Svenja.

»Bist du so gut, dass du es dir leisten kannst, auf die Hausaufgabe zu verzichten?«, sagt Herr Kolbenhage. Er geht durch die Reihen und sieht in die aufgeschlagenen Mathehefte. »War da im Zeugnis nicht so was wie eine Vier minus? Ich glaube mich zu erinnern«, und bevor er zum Nächsten geht, guckt er Niklas direkt ins Gesicht.
Niklas zieht die Schultern hoch. Das ist keine Frage, die beantwortet werden muss.
Gestern Abend hat er nicht einschlafen können, weil er immerzu an die CD denken musste. Svenja will sie wiederhaben. Oder er muss sie ihr bezahlen.
Aber das ist es ja nicht. Was die Gedanken in seinem Kopf kreiseln lässt, ist, dass CDs sich nicht in Luft auflösen. Und trotzdem ist die CD verschwunden.
Die einzige Erklärung darf keine Erklärung sein.
Warum fragt er Karl nicht? Manches passiert aus Versehen.
Niklas weiß, dass er darüber nicht einmal nachdenken muss.
»So weit zurück liegt das letzte Zeugnis doch gar nicht, mein lieber Schelm«, sagt Herr Kolbenhage. »Und so weit hin ist es auch bis zum nächsten nicht mehr«, und er notiert sich etwas in seinem kleinen grünen Kalender.
Nun muss Niklas sich in Mathe noch mehr anstrengen. In Physik ist er auch nicht so gut. Wenn

er in der Siebten sitzen bleibt, ist die Sache gelaufen, sagt Thomas.
»Ich komm nachher wieder vorbei«, sagt Karl, ohne Niklas anzusehen, als er aus dem Bus steigt und die Tür mit den Ellenbogen aufhält. Von vorne brüllt der Fahrer. »Geschichte fertig machen.«
Niklas nickt. Er muss sich nicht einmal mehr Mühe geben, nicht zu lächeln. Aber er merkt, wie es in ihm ganz ruhig wird.
Wer jemandem eine CD gestohlen hat, kehrt nicht an den Schauplatz des Verbrechens zurück.

Niklas ist froh, dass Karin am Nachmittag nicht zu Hause ist. Er will nicht, dass sie wieder solche Blicke auf Karl wirft. Oder Fragen stellt.
Und mit Geschichte sind sie auch wirklich schnell fertig. Niklas würde gern verstehen, warum jemand, der so viel begreift, im Unterricht tut, als wäre er nicht da.
»Du könntest glatt eine Eins haben«, sagt Niklas, als er seine Mappe zurück in den Rucksack steckt.
»Echt.«
»PC hast du keinen?«, sagt Karl.
Niklas schluckt. Was er sagt, spielt keine Rolle. Was er fragt, wird nicht beantwortet.
»Mein Vater«, sagt er. »Ich darf den aber mitbenutzen. Einer reicht für die Familie, sagt mein Vater. Wir brauchen den ja alle nicht so dringend. Und nur zum Spielen oder mal für Referate ...«

»Wo?«, fragt Karl.
Niklas atmet aus. »Im Keller«, sagt er. »Aber eigentlich ...«
»Ich denk, du darfst den benutzen?«, sagt Karl und ist schon im Erdgeschoss und auf der Treppe nach unten. Dann öffnet er der Reihe nach alle Türen, bis er die zum Arbeitskeller gefunden hat. »Ach, der.«
»Willst du ihn ausprobieren?«, fragt Niklas. Es ist ja richtig, er darf ihn benutzen. Karl braucht nicht zu glauben, dass Niklas nur mit Lego spielt. Lego Technik.
Aber Karl hat nicht auf seine Frage gewartet. Karl hat sich den Stuhl an den PC gezogen und eingeschaltet, geübt, weiß, wo die Schalter sind, wartet, bis mit diesem freundlichen *Plingggg!*, das Niklas so liebt, der Monitor aufleuchtet, bis die Symbole erscheinen, klickt mit der Maus, bedient die Tastatur.
»Ich darf nicht ...«, sagt Niklas schnell. »Geh nicht nach DOS, du, Karl, ich soll eigentlich nicht ...«
»Nicht schlecht«, sagt Karl und tippt einen Befehl. Niklas spürt, wie etwas in ihm plötzlich ganz locker wird, etwas, von dem er vorher nicht gewusst hat.
»Wie lange habt ihr den?«
Niklas rechnet nach. »Dreivierteljahr?«, sagt er vorsichtig. »Nicht ganz.«

Aber Karl gibt immer noch Befehle ein, die Antwort hat er gar nicht gehört.

»Und das CD-ROM-Laufwerk?«, fragt er. »Wie viel Speed?«

»Zweiunddreißig, glaub ich«, sagt Niklas, »du, Karl, aber ich darf eigentlich nicht – ich soll immer in WINDOWS bleiben, sagt mein Vater. Ich kenn mich mit DOS nicht so aus.«

»Albern«, sagt Karl, aber als hätte er zum ersten Mal wirklich verstanden, was Niklas von ihm will, fährt er den PC herunter. »Nicht schlecht, zweiunddreißig.«

»*Sie können Ihren Computer jetzt ausschalten*«, sagt die Schrift auf dem Monitor, und Niklas wird wieder ruhig. Also ist alles in Ordnung. So muss es am Ende immer aussehen. Und Karl hat getan, worum er ihn gebeten hatte. Und Karl kennt sich aus. Wie schnell er die Befehle eingegeben hat, nichts hat Niklas begriffen, auch Thomas würde das nicht verstehen.

»Leihst du mir?«, sagt Karl, als der PC mit einem leisen Klick ausgegangen ist. Mit einer Hand fährt er über das CD-ROM-Laufwerk, mit der anderen ist er schon an den Steckern, schraubt, zieht das Kabel heraus.

»Nee, Karl, das geht nicht!«, sagt Niklas erschrocken. »Das gehört meinem Vater, und wenn der merkt ...«

»Albern«, sagt Karl und hat schon das Kabel um das

Laufwerk gewickelt. »Kriegst du morgen wieder. Ich hab nur acht Speed. Ich will das hier mal ausprobieren.« Und er ist schon fast an der Haustür.
»Na gut, aber wirklich nur ...«, sagt Niklas.
Karl macht die Haustür auf. »Ciao«, sagt er.
»... bis morgen!«, ruft Niklas.
Er hätte Karl doch nach der CD fragen sollen.

Erst um elf Uhr, im Bett, als er das Zifferblatt an seiner Geburtstagsuhr aufleuchten lässt, weil er nicht einschlafen kann, fällt Niklas ein, dass er die Mathehausaufgaben wieder nicht gemacht hat. Svenja hat Terror gemacht wegen der CD. Morgen muss Niklas zur Bank und Geld abheben.
Mathe hat er wieder nicht gemacht. Aber dafür hat er ein Geschichtsreferat, das ist so gut, wie er noch nie eins geschrieben hat. Sein Geschichtsreferat zusammen mit Karl.
Niklas dreht sich auf die Seite und zieht die Decke über den Kopf. Eigentlich geht Thomas selten in den Arbeitskeller zu seinem PC. Und Svenja schon gar nicht. Und Karin nie.
Morgen kriegt er das Laufwerk zurück. Dann ist alles wieder in Ordnung.

Natürlich geht Herr Kolbenhage wieder durch die Reihen. Niklas lässt sein Heft im Rucksack.
»Nanu?«, sagt Herr Kolbenhage. »So makellos rein, dein Tisch? Klärst du mich mal auf?«

»Ich hab mein Heft vergessen«, sagt Niklas. »Ich zeig es Ihnen morgen vor.«
Herr Kolbenhage zieht eine Braue in Richtung Haaransatz. »Das wird auch gut sein«, sagt er und macht wieder eine Eintragung in seinem kleinen grünen Buch. »Mein lieber Schelm.«
Dafür haben sie das Geschichtsreferat abgegeben, Karl und Niklas, und Niklas ist sich sicher, dass es wirklich gut ist. Vielleicht kann Geschichte seine Ausgleichsnote werden.
»Bringst du mir nachher das Laufwerk zurück?«, sagt er zu Karl, als sie sich an der Bushaltestelle treffen. Nie gehen sie zusammen.
»Klar«, sagt Karl.

»Wenn es so weitergeht mit der Arbeit, muss ich demnächst eine Nachtschicht einlegen«, sagt Thomas beim Abendbrot. »Absolut verrückt. Ich glaub, wir streichen das Einkaufen am Samstag, Karin. Ich muss unbedingt ein paar Stunden an den PC.«
»Nein!«, sagt Karin. »Wir wollten schon so lange ...«
»Glaubst du, ich mach das zum Vergnügen?«, sagt Thomas ärgerlich. »Mehr Arbeit, aber nicht mehr Geld. Wenn ich dieses Wochenende ordentlich was wegschaffe, können wir nächstes Wochenende gehen.«
Morgen brauch ich das Laufwerk zurück, denkt

Niklas. Na klar arbeitet Thomas nicht damit. Aber er merkt ja, dass es fehlt.
»Und euer Streit ist beigelegt?«, fragt Thomas und sieht abwechselnd Niklas und Svenja an. »CD hat sich gefunden?«
Niklas schüttelt den Kopf.
»Er hat sie mir bezahlt«, sagt Svenja.

»Ich brauch das Laufwerk zurück«, sagt Niklas vor der Mathestunde. Auf dem Schulhof steht Karl mit Rocky zusammen, das ist einer aus der Parallelklasse. Rocky hält seine Zigarette hinter den Rücken.
»Welches Laufwerk?«, sagt Karl. »Wovon redest du?«
Niklas starrt ihn an, dann lacht er vorsichtig ein bisschen. »Bringst du mir das heute Nachmittag? Oder soll ich das holen?«
Es läutet zur Stunde, und Karl und Rocky nehmen einen letzten tiefen Zug. Dann tritt Rocky die Zigarette mit einer Drehbewegung aus.
»Verpiss dich«, sagt er. Nicht unfreundlich. Nur so.
Niklas läuft neben Karl her.
»Du bringst es mir dann vorbei, okay?«, sagt er und zupft Karl sogar an der Jacke. »Mein Vater braucht den PC, der merkt sonst was.«
Karl schüttelt Niklas ab und sieht auf ihn herunter.
»Klar, Kerlchen«, sagt er und geht in die Klasse.
Heute hat Niklas die Hausaufgabe dabei. Er weiß

nicht, ob sie richtig ist, das meiste war schwierig. Aber er hat sie dabei, und Herr Kolbenhage holt sein grünes Buch nicht aus der Tasche.

»Hier, *Weber*«, sagt Svenja und tippt auf den Namen im Telefonbuch. »Jetzt ruf ich an und frag ihn.«
»Das lässt du bleiben«, sagt Thomas. Verärgert. »Ich finde so eine Kontrolle reichlich unangemessen. Und auf mich hat der Junge sehr glaubwürdig gewirkt.«
»Klar«, sagt Svenja. »Nur dass Michael Weber gar nicht bei uns im Ort wohnt.«
»Hör zu«, sagt Thomas. »Ich bilde mir doch ein, dass ich immer noch sehen kann, ob so ein Junge lügt oder ob er die Wahrheit sagt. Und der da vorhin hat die Wahrheit gesagt. Dieser Jannis.«
»Ha. Ha. Ha«, sagt Svenja böse.
Das Telefon läutet.
»Und warum«, sagt Thomas und ist schon auf dem Weg, »hätte er das auch tun sollen. Das Kaninchen rauslassen? Wenn er Niklas gar nicht kennt?«
»Geh nicht ran«, sagt Svenja.
»Es könnte auch was mit Oma sein!«, sagt Thomas und hat den Hörer schon in der Hand.
Er legt ihn zurück.
»Hab ich's gesagt?«, sagt Svenja. »Fall doch nicht immer darauf rein.«
»Sollen wir nie mehr ans Telefon gehen?«, schnauzt Thomas. »Nur weil dieser Kerl ...«
Svenja bindet den Bademantelgürtel zu. »Ich ruf jetzt Weber an«, sagt sie.

Als Karin und Niklas zurückkommen, sitzen Svenja und Thomas in der Küche.

»Jetzt mach ich die Anzeige«, sagt Thomas. »Ich hätte nie geglaubt, dass ein Kind so schamlos lügen kann.«
Niklas guckt Svenja an.
»Er hat gesagt, er war mit Michael Weber verabredet«, sagt Svenja. »Der Jannis von gestern. Nur dass Michael nichts davon wusste. Ich hab bei ihm angerufen. Er war bei seiner Freundin, den ganzen Nachmittag und den ganzen Abend. Und das würden sie auch beide bezeugen. Bei der Polizei.«
Niklas nickt.
»Rex kommt davon nicht wieder«, sagt er.
»Aber diese Kerle kriegen ihre Strafe!«, sagt Thomas. »Dass ein Kind so glaubwürdig lügen kann.«
Das Telefon läutet.
»Geh nicht ran«, sagt Svenja.
»Und wenn was mit Oma ist?«, sagt Thomas.
Er nimmt den Hörer ans Ohr. Dann legt er ihn zurück.

Vielleicht hat er Karl missverstanden. Vielleicht hat Karl gar nicht gesagt, dass er ihm das Laufwerk heute bringt.
Oder vielleicht hat Karl auch ihn nicht verstanden, vielleicht hat er »Klar, Kerlchen!« gesagt und etwas ganz anderes gemeint.
Niklas sieht auf die Uhr, fast sechs. Wenn Thomas nach Hause kommt, geht er vielleicht gleich in den Keller. Wenn er sich an den PC setzt, merkt er es.
»Ich geh noch mal raus!«, ruft Niklas und lässt die Tür hinter sich zufallen.

»Na, hallo Karl«, sagt Niklas, als Karl die Haustür öffnet. Er weiß gar nicht, warum er so atemlos ist.
»Na«, sagt Karl. Geht keinen Schritt zurück, sagt nicht, komm rein.
»Wegen dem Laufwerk«, sagt Niklas. »Du hattest doch gesagt – und nachher kommt mein Vater.«
»Komm rein«, sagt Karl.
Irgendwo im Hintergrund ruft eine Frauenstimme. »Karl?«, ruft sie. »Karl? Wer ist denn gekommen?«
»Schnauze«, sagt Karl. Nicht besonders laut. »Hier, ich such grade was.«
Karls Zimmer ist aufgeräumt wie Niklas' Zimmer nie. Der Monitor am PC leuchtet.
»Internet?«, fragt Niklas. Er will auch, dass sie sich zu Hause ein Modem einbauen. Thomas sagt, wozu.

»Moment«, sagt Karl. Im Stehen gibt er etwas ein, bewegt die Maus, klickt. Eine Frau mit Brüsten groß wie Melonen macht einen Schmollmund.
»Willst du mehr?«, fragt Karl.
Niklas lacht vorsichtig. »Darf ich auch mal?«, sagt er.
Karl deutet mit dem Kopf auf den Stuhl vor dem PC. »Hast du schon mal gemacht?«, fragt er.
Dann darf Niklas an Karls PC. Im Internet gibt es nicht nur nackte Weiber. Plötzlich ist Niklas froh, dass Karl sein Freund ist.

»Die Alte soll uns Essen machen«, sagt Karl. »Pizza? Kann sie aus der Truhe holen.«
Niklas merkt kaum, dass Karl geht. Alles gibt es im Internet, wenn man sucht, alles. Zu Hause müssen sie sich auch ein Modem kaufen.
»Komm runter«, sagt Karl und schaltet den PC aus. Niklas hat nicht einmal gemerkt, dass er zurückgekommen ist. »Pizza ist fertig.«
»Kann ich nicht noch mal kurz?«, fragt Niklas. Aber Karl ist schon aus der Tür.
»Tunfischpizza«, sagt er.
Die Küche ist so aufgeräumt wie Karls Zimmer. Auf dem Tisch stehen zwei Teller und zwei Gläser.
»Extra für dich, alles vom Feinsten«, sagt Karl und zeigt auf einen Stuhl. »Setzen. Los.«
Und Niklas, der doch Filme sieht und manchmal Krimis liest, Niklas, der Karl jetzt schon eine gan-

ze Weile kennt, setzt sich und wundert sich nicht.
Er nimmt das Messer, um die Pizza anzuschneiden.
Dann sieht er die Dose.
»Keine Waffen!«, schreit Karl. »Steck das Messer weg!«
Die Dose in Karls Hand.
Von einem Mal wird man nicht blind.

Einen Augenblick lang glaubt Niklas, er wird nie wieder sehen können. In seinen Augen brennt es, brennt, er rennt zum Waschbecken, füllt Wasser in seine Hände, reibt es in die Augen, fühlt verblüfft eine sonderbare Leere im Kopf. Dann spürt er, wie es besser wird, er ist nicht blind, er kann sehen, merkt, wie seine Knie zittern, atmet einmal tief durch. Nur ein bisschen CS-Gas.
»Du Schwein!«, schreit Niklas.
An der Küchentür lehnt Karl und zeigt mit dem Finger auf ihn. Karls Gesicht, das Niklas nie hat lächeln sehen, ist verzerrt, und er steht vornübergebeugt.
»Alter!«, schreit Karl. »Alter!«
An der Küchentür lehnt Karl und krümmt sich vor Lachen.

Auf dem Rad merkt Niklas, wie das Zittern in seinen Knien nachlässt. Er kann kaum sehen, weil ihm die Tränen aus den Augen laufen, Schmerz-

tränen, Wuttränen, er möchte schreien.
So ein Schwein. Das wird er dem heimzahlen, aber bestimmt. So ein altes gemeines Schwein.
Erst als Karin ihm die Haustür öffnet, fällt ihm wieder ein, warum er Karl eigentlich besucht hat.
»Hast du geweint?«, sagt Karin.
Niklas schüttelt den Kopf. »Quatsch!«, sagt er. »Blödsinn.«
Dann geht er nach draußen zu Rex. Früher hat er ihm alles erzählt.
Natürlich können Kaninchen nichts verstehen.

Jetzt, spätestens, wird Niklas später irgendwann denken. Jetzt hätte ich ihnen etwas sagen müssen. Aber so wichtig ist es mir eben nicht vorgekommen. Wenn einem die Dinge selber passieren, sind sie plötzlich so viel unwichtiger als im Film. Ich habe mich geschämt, dass ich so erschrocken war. Ein bisschen CS-Gas.
Und ich hatte ja auch Angst, weil ich Karl das Laufwerk geliehen hatte.
Und außerdem: Was hätte es geändert.
Das habe ich später doch gemerkt. Als ich geredet habe.
Was hätte es geändert.
Nichts.

»Auch die Kassette«, sagt Thomas und sieht von seiner Liste hoch. »Hol mal die Kassette, Niklas.«
»Kassettenmitschnitte gelten nicht als Beweismittel«, sagt Svenja. »Das weißt du doch, Thomas.«
»Könntet ihr vielleicht den Küchentisch räumen?«, sagt Karin und stellt den Kartoffeltopf auf einen Untersetzer. »Könntet ihr euer wichtiges Gespräch vielleicht im Wohnzimmer fortsetzen?«
»Ich hab sie!«, sagt Niklas. »Und du wolltest nicht mal, dass ich sie aufnehme.«
»Weil man Telefongespräche nicht einfach mitschneiden darf«, sagt Thomas und schiebt seinen Stuhl zurück. »Glaube ich wenigstens.«
Im Wohnzimmer schiebt er die Kassette in den Rekorder.
»... nicht, dass ich nicht Ernst mache!«, sagt eine Jungenstimme. »Du kleiner Scheißer! Dann guckst du, wenn dein Fahrrad Schrott ist! Oder dein süßes kleines Kaninchen! Soll ich dein Kaninchen hinmachen, Scheißer? Soll ich ...«
Thomas schaltet aus. »Das hier reicht!«, sagt er grimmig. »Glaub mir, das hier und die Liste, das reicht. Morgen mach ich die Anzeige. Jetzt hab ich endgültig genug.«
Als das Telefon beim Mittagessen läutet, geht keiner hin. Auch nicht, als das Läuten während des ganzen Essens nicht aufhört.
Auch nicht, als Karin sagt, sie hat sich so große Mühe mit dem Rezept gegeben, und nun hören alle immer nur auf das Telefon.
Auch nicht, als Thomas plötzlich sagt, er verzeiht sich

nie, wenn jetzt doch etwas mit Oma ist und sie gehen nicht ran.
Dann hört es doch auf zu läuten. Als sie mit dem Nachtisch fertig sind, ungefähr.
Und fängt erst wieder an, als sie die Spülmaschine schon eingeräumt haben.

»Ich brauch das Laufwerk zurück«, sagt Niklas am nächsten Morgen im Bus.
Eigentlich will er nach der Sache mit dem Gas niemals mehr mit Karl reden. Oder nur, um ihm zu sagen, was für ein Arschloch er ist.
Aber Niklas hat Glück gehabt, Thomas ist nicht mehr an den PC gegangen gestern Abend. Hat nichts gemerkt, und Niklas hat noch mal eine Chance.
»Welches Laufwerk?«, sagt Karl und zieht die Brauen bis an den Haaransatz. »Wovon redest du überhaupt?«
Im Bus ist es voll. Niklas will nicht, dass die Erwachsenen ihn anstarren, wenn er schreit. Oder die aus den anderen Klassen.
»Heute Nachmittag musst du es vorbeibringen!«, sagt er. Leise. »Sonst sag ich meinem Vater Bescheid. Auch von dem Gas und allem. Und von der CD.«
»Halt die Fresse«, sagt Karl.

»Das ist bisher deine beste Note in Geschichte, Niklas«, sagt Frau Römer, als sie ihm das Referat zurückgibt. Das Referat, das er zusammen mit Karl geschrieben hat. »Eure Zusammenarbeit war wirklich erfolgreich.«
Niklas nickt. Eine Zwei hat er in Geschichte bisher noch nicht gehabt.
»Darum schlage ich vor«, sagt Frau Römer und lä-

chelt so nett, wie sie das immer tut, »dass ihr beiden auch beim nächsten Mal ...«
»Nein!«, ruft Niklas. »Ich hab schon mit Hendrik ...«
»Häää?«, sagt Hendrik.
»Karl und du, ihr passt, glaube ich, ganz gut zusammen«, sagt Frau Römer aufmunternd.
Niklas schüttelt den Kopf.
»Wir sind ziemlich verschieden!«, sagt er schnell. »Wir können gar nicht gut zusammen – wir passen eigentlich nicht ...«
Frau Römer sieht ihn an. Dann dreht sie sich zu Karl.
»Karl, würdest du noch mal mit Niklas arbeiten wollen?«
Karl sieht sie an. Er lächelt nicht. Er zuckt nicht die Achseln.
»Egal«, sagt er. Mitten in ihre Augen.

»Niklas«, sagt Frau Römer. Sie hat ihn nach der Stunde zurückgehalten. »Niklas, ich glaub schon, dass ich verstehe, was dir bei Karl so schwer fällt. Ich sollte das natürlich eigentlich nicht sagen, aber ich finde manchmal auch, dass er sich sehr abweisend verhält. Aber findest du nicht, wir sollten ihm eine Chance geben?«
Niklas sieht sie nicht an. Man petzt nicht. Man ist sich selber widerlich, wenn man petzt. Aber, und das ist das Sonderbare, dass man erst spät begreift, auch den Lehrern ist man widerlich.

»Das ist seine Art, Schutz zu suchen, Niklas«, sagt Frau Römer. »Dieses Kalte. Er macht sich unangreifbar. Verstehst du, was ich meine? Ich sollte nicht so mit dir über einen Klassenkameraden reden, aber Karl – ich glaube, Karl braucht unsere Hilfe, Niklas. Deine Hilfe.«
Niklas spürt das Gas in den Augen. Die Leere im Kopf. Die Wut.
»Niklas?«, sagt Frau Römer. »Bitte, Niklas. Enttäusche mich nicht.«
Niklas denkt an das Laufwerk. Die CD.
Niklas nickt. Fast.
»Schon okay«, sagt er.

Nach der Schule trödelt Niklas. Redet mit Hendrik. Geht mit ihm durch den Fahrradkeller.
Als er zur Haltestelle kommt, ist der Bus schon gefahren. Der nächste kommt erst in einer halben Stunde.
Niklas merkt, wie er sich plötzlich fröhlich fühlt.

»Wieso kommst du jetzt erst?«, sagt Karin, als sie die Tür aufmacht. »Svenja und ich haben schon gegessen. Der Auflauf wäre ja sonst zusammengefallen.«
»Bus verpasst«, murmelt Niklas.
»Da war ein Anruf von deinem Freund Karl«, sagt Karin. »Du sollst gleich vorbeikommen, hat er gesagt. Irgendwas wegen Geschichte.«

Niklas nickt. Er begreift nicht, warum er Karin nichts von der Zwei erzählen mag. Sie würde sich freuen.

»Und die andere Sache könntet ihr dann auch gleich erledigen, hat er gesagt«, sagt Karin und füllt Niklas lauwarmen Nudelauflauf auf den Teller. »Welche andere Sache? Ich fand es einigermaßen unhöflich, dass er so geheimnisvoll mit mir gesprochen hat.«

»Ach, nichts Wichtiges«, sagt Niklas.

Sogar lauwarmer Auflauf kann schmecken. Also gibt Karl ihm das Laufwerk zurück.

»In Geschichte hab ich übrigens eine Zwei«, sagt Niklas.

»Deswegen Anzeige erstatten«, sagt der Polizist hinter der Barriere. »Ah ja. Dann legen Sie mal los. Gegen wen?«
Thomas legt seine Liste und die Kassette oben auf die Ablage.
»Das ist es ja gerade«, sagt er. »Es geht schon seit Wochen, sehen Sie. Und eigentlich sind es mehrere.«
»Mehrere Täter?«, sagt der Polizist. »Mehrere Vorfälle?«
»Ja, eine ganze Reihe, und jetzt dachten wir endlich ...«
»Was länger zurückliegt als drei Monate, können Sie nicht mehr zur Anzeige bringen«, sagt der Polizist.
Thomas wird zunehmend unruhig, Niklas sieht es erstaunt.
»Ja, es geht ja auch nur darum ...«, sagt Thomas, »dass es nicht immer so weitergeht. Dass sie meinen Sohn endlich in Ruhe lassen. Und uns. Dass sie den Schaden wieder gutmachen, vielleicht.«
»Sie haben schon alles aufgeschrieben?«, sagt der Polizist. Vielleicht gerade eben freundlich. Vielleicht genervt. Niklas hat das Gefühl zu stören. Was sie vorzutragen haben, sind doch alles Bagatellen. Der Polizist sagt es nicht. Aber Niklas spürt, was er spürt.
»Eine Liste gemacht«, sagt Thomas. »Mit allen Vorfällen. Die Kassette haben wir auch mitgebracht, die hat mein Sohn ...«
»Die nehmen Sie mal wieder mit«, sagt der Polizist. »Kassetten sind nicht zugelassen. Könnten ja gefälscht sein.«
Thomas nickt. »Ja, ja, klar, das wissen wir auch!«, sagt er. »Aber nur mal so zur Information! Sie brauchen sie ja

nicht offziell zu hören, aber privat können Sie vielleicht mal kurz – Sie wüssten dann, dass er tatsächlich die ganze Zeit ...«

Jetzt lächelt der Polizist. Er schiebt Thomas die Kassette zu.

»Den Unterschied gibt es bei uns nicht«, sagt er freundlich. »Privat und offiziell. Nehmen Sie wieder mit. Sie können uns ja alles erzählen.«

Thomas' Schultern senken sich.

»Und wenn der Junge leugnet?«, sagt er.

Der Polizist öffnet bedauernd die Hände. »Dann steht Aussage gegen Aussage«, sagt er. »Haben Sie Zeugen? Für irgendwas?«

Thomas sieht Niklas an.

»Rocky?«, sagt Niklas. »Vielleicht.«

»Sehen Sie, wir haben den einen erwischt«, sagt Thomas. »Auf frischer Tat ertappt, sozusagen.«

»Schreiben Sie alles auf«, sagt der Polizist. »Wir bearbeiten das dann.«

Er lächelt sie an.

»Machen Sie sich keine allzu großen Hoffnungen«, sagt der Polizist. Tröstend, wie man mit einem Kind spricht. »Aber schreiben Sie ruhig erst mal alles auf. Ich gebe Ihnen das Formular. Und bringen Sie es dann vorbei. Ich will sehen, was sich machen lässt.«

Vor der Wache spannt Thomas den Schirm auf.

»Natürlich kann man keine Dienstaufsichtsbeschwerde machen«, sagt er erregt. »Aber hattest du das Gefühl, er hat uns ernst genommen?«

Niklas überlegt. Die Frage kann er nicht beantworten. Eigentlich hatte er das Gefühl, sie täten dem Polizisten Leid.
»Vielleicht findet er das alles nicht so schlimm«, sagt Niklas vorsichtig. »Der hat ja jeden Tag ganz andere Sachen ...«
Thomas geht zügig.
»Ich weiß«, sagt er. »Aber man muss sich doch schützen können. Wenn man sich selber nicht wehren darf, muss doch wenigstens die Polizei ...«
»Es sind vielleicht Kleinigkeiten«, sagt Niklas. Weil er begreift, dass es für den Polizisten so ist.
Aber nicht für ihn.
Jetzt gibt er der Polizei ihre Chance.
Danach muss er selber sehen.

Niklas hat den Geschichtsordner mitgenommen und das Geschichtsbuch. Und einen Rucksack. Für das Laufwerk.
Die Luft riecht nach Frühling. In den Seitenstraßen hört man die Vögel zwitschern.
Er wird von Karl verlangen, dass er sich entschuldigt. Wahrscheinlich wird Karl das auch tun. Immerhin hat er von sich aus bei Niklas zu Hause angerufen. Und angeboten, das Laufwerk zurückzugeben.
Niklas denkt an Frau Römer. Er fährt nicht ihretwegen zu Karl. Er glaubt nicht, dass richtig ist, was sie sagt. Über Karl. Es ist nur eine Lehrererklärung. Man weiß immer vorher, wie Lehrer solche Dinge erklären.
Niklas fährt zu Karl, weil er das Laufwerk zurückhaben will. Und weil er neugierig ist. Darauf, wie Karl das CS-Gas erklärt.
Weil er eine Entschuldigung will.
Die Luft riecht nach Frühling, und in den Seitenstraßen hört man die Vögel zwitschern, und am Feuerwehrteich blühen Sträucher, deren Namen Svenja kennen würde. Und der Stock kommt so plötzlich aus dem Gebüsch, dass man ihn nicht sieht, und fährt zwischen die Speichen, und das Fahrrad bäumt sich auf und schlägt um, und während er stürzt, denkt Niklas, was für ein Glück es ist, dass er noch nicht das Laufwerk in seinem Rucksack hat.

Danach denkt Niklas gar nichts, und dann merkt er, dass er am Leben ist und nicht schwer verletzt, er kann sein Bein unter dem Fahrrad herausziehen, von einer Schramme tropft Blut.
Seine Schulter fühlt sich sonderbar groß an und als wäre sie gebrochen, aber eigentlich weiß Niklas nicht, wie gebrochen sich anfühlt, und er kann auch den Arm noch bewegen und sogar das Fahrrad aufrichten und den Schaden besehen.
Seine Hand ist aufgeschürft.
Er hat die ganze Zeit gewusst, dass er nicht nur so gefallen ist, einfach so, dass jemand ihm aufgelauert hat, ihn überfallen, dass also jemand in der Nähe ist, er weiß auch, wer. Er hat es gleich gewusst, aber es war nicht wichtig im ersten Moment; wichtig waren sein Kopf und sein Bein und seine Schulter.
»Na du kleine Ratte«, sagt Karl. Hat ein Messer in der Hand. »Na du kleine Ratte, jetzt wollen wir doch mal sehen ...«
Aber Niklas wartet nicht ab. Niklas rennt. Das Bein ist nicht gebrochen und die Schulter ist nicht gebrochen, und er hat einen Vorsprung, der kleiner wird.
Am Ende der Straße stehen die ersten Häuser, und Niklas rennt in einen Garten und zum Eingang und drückt auf den Klingelknopf.
Wenn niemand öffnet, sitzt er in der Falle, er könnte höchstens noch schreien, in diesen golde-

nen Frühlingsnachmittag hinein, um Hilfe schreien, aber wer weiß, ob ihn jemand hört; ob sie nicht auf Caféterrassen sitzen oder durch die Geschäftsstraßen laufen, alle, die hier wohnen, weil es jetzt Frühling ist und man nicht zu Hause bleibt.

»Ja?«, sagt eine Frau. Sie hat die Tür nur gerade so weit geöffnet, wie die Kette es zulässt, und sieht misstrauisch auf Niklas' blutverschmiertes Bein, auf Niklas' zerschrammte Hand.

So etwas kann ein Trick sein. Wie soll sie wissen, ob Niklas nicht um Hilfe bitten wird, nur um sie dann in ihrer eigenen Wohnung zu überfallen. Die Zeitungen sind voll davon.

»Schon gut«, murmelt Niklas. Wie sonderbar, dass er jetzt so verlegen ist. Gerade eben noch hatte er Todesfurcht, und jetzt ist er nur noch verlegen. Karl ist verschwunden, für diesmal ist Karl verschwunden.

»Entschuldigen Sie bitte«, sagt Niklas. Einen Augenblick lang hat er einen Film erlebt. Jetzt ist er in die Wirklichkeit zurückgekehrt. »Ich hatte einen Unfall. Aber ich glaube, es geht schon wieder.«

Die Frau mustert ihn unruhig. »Ich kann einen Krankenwagen rufen«, sagt sie. Die Kette macht sie nicht auf.

»Nein, danke, alles okay«, sagt Niklas.

Seine Schulter schmerzt, und er kommt sich dumm und lächerlich vor. Auf dem Weg zum Feuerwehrteich liegt das Fahrrad, das Vorderrad ist

verbogen. Der Geschichtsordner liegt aufgerissen im Gras, das Geschichtsbuch daneben.
Niklas hebt beides auf und klemmt es auf den Gepäckträger. Um das Rad zu schieben, muss er das Vorderrad anheben.
Er hat schon lange nicht mehr geweint. Er versteht nicht, warum er sich jetzt nicht stoppen kann.

»Ich bring ihn um!«, sagt Niklas. Er zittert, als Karin ihm Jod auf die Hand tupft, auf die Schramme am Bein.
»Sag nicht solche Sachen!«, sagt Karin und misst ein Pflaster ab. »Solche Sachen sollst du nicht mal *denken*! Nun erklär mir noch mal – er hat dich einfach so überfallen? Einfach so?«
Niklas nickt. »Die alte Sau«, sagt er.
»Niklas!«, sagt Karin. »Nun nimm dich mal zusammen.«
»Den überfall ich auch!«, schreit Niklas. »Das ist doch kein Problem, hol ich mir paar Leute, und wenn die Sau aus dem Haus kommt, treten die ihn zusammen, die ...«
»Niklas!«, sagt Karin.
»Mit dem Messer, was?«, schreit Niklas. »Der hat mich mit dem Messer gejagt, und ich soll ihn nicht ...«
»Selbstjustiz gibt's bei uns nicht«, sagt Karin entschieden. »So, Pflaster drauf, du bist wieder so gut wie neu.«

Sie strubbelt Niklas durch die Haare. »Wenn es wirklich so war, wie du sagst ...«
»Klar war es das!«, schreit Niklas.
»... dann ruf ich die Eltern an. Dann sollen die das mit ihrem Sohn klären. Dann soll der von seinem Taschengeld die Fahrradreparatur bezahlen. So regelt man solche Dinge, Niklas. Nicht mit Selbstjustiz. Nicht mit Gewalt.« Sie seufzt. »Soll ich anrufen?«
Niklas nickt.
Natürlich würde er Karl gerne zusammenschlagen. Aber er weiß sowieso, dass er der Schwächere ist.

»Warum erfindest du solche Sachen?«, sagt Karin. Beim Telefonieren hat sie die Tür hinter sich zugezogen. Sie mag nicht, wenn man sie belauscht.
»Weißt du, wie unangenehm das für mich war? Ich lege los und beschuldige diesen Jungen, und dabei war es ein Zusammenstoß! Und wahrscheinlich warst du sogar schuld!«
»Was?«, schreit Niklas. »Was? Und das Messer?«
»Ach, hör doch auf, Niklas!«, sagt Karin böse. »Solche blödsinnigen Schauergeschichten! Du siehst zu viel falsche Filme! Karl ist auf dem Radweg gefahren, und da bist du vom Feuerwehrteich gekommen, aus dem Gebüsch, mit vollem Tempo ...«
»Lüge!«, schreit Niklas. »Alles Lüge!«
»... und als ihr beide gestürzt seid, hast du dich

nicht mal entschuldigt!«, sagt Karin. »Zum Glück ist an Karls Rad nur die Lampe verbogen. Seine Mutter wollte gerade bei uns anrufen, damit wir den Schaden ersetzen.«
»Lüge!«, schreit Niklas. »Alles Lüge!«
»Hör auf!«, sagt Karin scharf. »Warum hätte dieser Karl das auch tun sollen? Dir auflauern! Das hätte ich mich eigentlich gleich fragen müssen! Das tut doch niemand ohne Grund! Hier ist doch nicht Chicago!«
Sie macht eine Pause, aber nicht lange genug, um Niklas zu Wort kommen zu lassen. »Nicht, dass ich ihn besonders sympathisch fände, aber warum um Himmels willen hätte er das denn tun sollen? Kannst du mir einen Grund nennen, einen einzigen?«
»Er hat mich mit dem Messer gejagt!«, schreit Niklas.
Karin dreht sich um und geht zurück ins Wohnzimmer.
»Du bist zu alt für diese Lügerei«, sagt sie kalt. Sie zieht die Tür zu.
Und es gibt keine Zeugen. Nicht einmal die Frau im Haus mit der Kette.
Niklas spürt, wie seine Wut ihn so ausfüllt, dass für nichts anderes mehr Platz ist.
Warum sagt er nichts vom Laufwerk?
In seinem Zimmer zerreißt Niklas sein Geschichtsreferat in tausend kleine Schnipsel. Eine rote Zwei

liegt einen Augenblick lang leuchtend im Papierkorb, dann wird sie von anderen Schnipseln zugedeckt.

»... miese kleine Ratte!«, sagt die Stimme. »Für Auswurf wie dich ist kein Platz auf dieser Erde! Hörst du das, Schmutz? Dich haben sie hingekotzt, du bist ein Klumpen Kotze ...«

»So unglaublich«, sagt Thomas müde und spult ein Stück zurück. »Wenn ich es nicht mit meinen eigenen Ohren hören würde ...«

»... haben sie hingekotzt, du bist ein Klumpen Kotze, ein Fäkalienberg, Schmutz, weißt du überhaupt, was das ist? Du musst verschwinden, vom Angesicht der Erde, aus meinem Angesicht, denn ich bin Gott! Hast du mich gehört, Ratte, ich will dich nicht mehr sehen, verpeste mir nicht meine Luft, Gott lässt nicht mit sich spaßen! Und glaube nur nicht, dass ich nicht Ernst mache! Du kleiner ...«

»Nur einmal müssten sie sich das anhören bei der Polizei«, sagt Thomas. »Mein Gott. Der Junge ist doch krank.«

Svenja tippt sich gegen die Stirn. »Da gibt es mehr, als du denkst«, sagt sie. »Und mach dir nicht zu große Hoffnungen. Für die Polizei ist das doch alles pille-palle.«

Thomas schlägt auf den Tisch. »Aber für mich nicht!«, ruft er. »Ich will meine Ruhe, verdammt! Seit Wochen dreht sich in diesem Haus ...«

»Nicht rangehen«, sagt Svenja.

Das Telefon klingelt weiter.

Am nächsten Morgen nimmt Niklas einen Bus früher. Sie fahren alle Viertelstunde um diese Zeit, es ist kein Problem.
»Warum denn, Niklas?«, fragt Karin. »Müsst ihr früher da sein?«
»Ich hab was zu erledigen«, sagt Niklas.
Es ist ruhig im Bus, außer ihm keine Schüler. Fast wäre er sogar noch eingeschlafen.

»Okay, ich sammle die Hausaufgabe wieder ein«, sagt Frau Römer. »Mein Gott, Niklas, wie sieht denn dein Ordner aus? Hast du den mit Matsch paniert? Manchmal glaube ich wirklich, ich muss wieder Noten für Heftführung einführen.«
Sie schüttelt den Kopf.
»Da ist sowieso nichts drin«, murmelt Niklas. »Brauchen Sie gar nicht mitzunehmen.«
»Nichts drin?«, fragt Frau Römer erstaunt. »Wie?«
In der Klasse ist es ruhig. Manche schreiben noch schnell. Wer hinten sitzt, hat noch eine Chance.
»Hausaufgaben«, sagt Niklas mürrisch. »Hab ich nicht gemacht.«
Frau Römer sieht ihn an. Lange.
»Nach der Stunde wartest du bitte«, sagt sie dann.

»Hab ich dir gestern nicht erklärt, warum du mit Karl arbeiten sollst?«, sagt Frau Römer. »Und ich hatte sogar das Gefühl, du hast es verstanden.«
Niklas schweigt.

»Niklas?«, sagt Frau Römer. »Wir müssen den Menschen immer eine Chance geben.«
Niklas sieht nicht auf.
»Irgendwie«, murmelt er. »Ich kann mit dem nicht so gut, irgendwie.«
Was soll er sagen. Karl hat mich überfallen, Karl hat mich mit Gas besprüht, Karl hat unser Laufwerk geklaut.
»Ich hab dir gestern schon gesagt, wir müssen uns auch um Menschen kümmern, bei denen es uns schwer fällt«, sagt Frau Römer scharf. »Ihr seid keine kleinen Kinder mehr. Und so, wie Karl sich aufführt, hat er irgendwas erlebt – irgendein Problem, vielleicht, wir wissen ja auch nichts über seine Familie. So kalt ist niemand ohne Grund. Karl braucht Hilfe.«
»Er hat mich überfallen«, murmelt Niklas. Er wollte es nicht sagen. Was man nicht beweisen kann, soll man für sich behalten.
»Überfallen?«, ruft Frau Römer. »Wie, überfallen? Zusammengeschlagen? Wie?«
»Mit dem Messer«, sagt Niklas. Er sieht sie nicht an. »Gestern. Darum will ich nicht so gerne.«
»Und da haben deine Eltern nichts gemacht?«, ruft Frau Römer. »Wenn die Geschichte wahr ist . . .«
»Karl sagt, es stimmt nicht«, sagt Niklas. »Falls Sie ihn fragen sollten. Vergessen Sie's.«
»Ja«, sagt Frau Römer nachdenklich. »Niklas, wa-

rum hat er dich denn überfallen? Erzähl mir das mal.«
Niklas sieht nicht auf.
»Niklas?«, sagt Frau Römer. »Kein Mensch tut so etwas ohne Grund. Da musst du ihm doch zuerst irgendwas ...«
Niklas merkt, dass er gleich schreien wird. So laut wird sein Schrei sein, dass alle Scheiben zerspringen.
»Vergessen Sie's«, sagt er, »vergessen Sie's doch«, und er wirft den Stuhl hinter sich um, so schnell rennt er aus der Klasse.
Wenn er jetzt nicht gerannt wäre, hätte er sie angebrüllt.

»Heute könntest du dieses Ding vielleicht wirklich mal mitnehmen«, sagt Karin und stellt die Teller in die Spülmaschine. »Wie heißt das noch? Dass ich dich erreichen kann, wenn du unterwegs bist, ich will gleich auch noch los, ich weiß überhaupt nicht ...«
»Quix«, sagt Niklas.
Karin nickt. »Genau«, sagt sie, »das Ding meine ich. Schreibst du mir mal deine Nummer auf? Ich ruf dich dann an, vielleicht kannst du nach dem Konfirmandenunterricht noch was für mich besorgen, wenn du sowieso in der Stadt bist.«
»Es heißt an*quixen*«, sagt Niklas. »Ich hol die Nummer.«

In seinem Zimmer liegt das Quix nicht auf dem Schreibtisch, aber das hat Niklas auch nicht erwartet. Er hat es eigentlich immer an seinen Gürtel geklippst. Am Gürtel ist es nicht.
Niklas muss nicht lange überlegen. Es ist keine Frage, wo sein Quix jetzt ist.
»Ich kann es grade nicht finden!«, ruft Niklas nach unten. »Kannst du mir nicht jetzt gleich eine Einkaufsliste machen?«
Karin steht in der Tür. »Kein Wunder, so wie es hier aussieht«, sagt sie und schüttelt sich. »In diesem Chaos kann man ja nichts wieder finden! Erst wünschst du dir dieses Ding und tust, als ob du ohne nicht mehr leben könntest, und kaum haben wir das Geld ausgegeben, weil wir denken, es kann vielleicht manchmal ganz gut sein, wenn du zu erreichen bist, ist es schon in deinem Müll verschwunden!«
»Ich glaub, ich weiß ...«, sagt Niklas. Dann ist er still. »Ich such schon danach«, sagt er mürrisch.
Die Einkaufsliste hat Karin vergessen.

»Was, du glaubst, dass Karl das hat«, sagt Rocky. Beim Konfirmandenunterricht sitzt er neben Niklas. Es ist sonderbar, dass Menschen so verschieden sein können, je nachdem, ob man ihnen in der Schule oder beim Konfirmandenunterricht begegnet. Rocky ist zwei ganz verschiedene Menschen.

»Als ich gestürzt bin«, sagt Niklas zu dem freundlichen Nachmittagsrocky. »Da ist das abgegangen. Und er hat es dann genommen, jede Wette.«
»Der hat manchmal echt eine Schramme«, sagt Rocky. Hinter der Kirche holt er seine Zigaretten heraus. »Willst du eine?«
»Heute nicht«, sagt Niklas. »Mir ist schon den ganzen Tag schlecht.«
Er hat Rocky von dem Überfall erzählt. Rocky hat keine Sekunde gezweifelt. Nicht wie Karin. Nicht wie Frau Römer. Rocky hat ihm gleich geglaubt. Rocky ist Karls Freund.
»Willst du mit zu mir?«, sagt Rocky. »Was gucken?«
Niklas zögert einen Augenblick. Mit Rocky sitzt er beim Konfirmandenunterricht nur zusammen, weil er in seine Parallelklasse geht. Aus Niklas' Klasse ist da niemand.
Er ist noch nie bei Rocky gewesen. Er weiß auch gar nicht, was er da soll.
»Aber niemandem erzählen«, sagt Rocky. »Wenn mein Vater das rauskriegt, der schlägt mich tot.«

Rocky hat ein richtiges Waffenlager.
Schnappmesser und Butterflys und CS-Gas und einen Totschläger. Und vor allem Pistolen, eine Smith and Wesson, die kriegt man erst, wenn man achtzehn ist.
»Wo hast du die her?«, flüstert Niklas, als er sich mit Rocky über den Koffer beugt, aus dem Rocky

zuerst eine Lage geflickter Bettwäsche genommen hat. »Wo hast du die gekriegt?«
Rocky legt ihm eine Pistole in die Hand. Sie fühlt sich schwer an, viel schwerer, als Niklas erwartet hat. Sein Arm sackt ein wenig nach unten.
»Connections«, sagt Rocky und wickelt die Pistole wieder in einen öligen Lappen.
»Was für welche?«, flüstert Niklas. »Connections?«
Rocky schlägt den Koffer zu.
»Was du haben willst, kannst du kriegen«, sagt er. »Aber wehe, du hältst nicht die Schnauze.«
»Klar«, sagt Niklas. »Geil, Mann.«
Auf dem Nachhauseweg überlegt er, warum Rocky ihm seine Waffen gezeigt hat.
Es ist besser, er grübelt nicht darüber nach.

»Hör zu«, sagt Thomas beim Abendbrot. »Du behauptest, du hast dein ganzes Zimmer durchwühlt und es trotzdem nicht gefunden. Gut. Dann sage ich dir aber auch, dass du in Zukunft nicht mehr mit so teuren Geschenken von uns rechnen kannst. Wenn die schon ein paar Wochen nach dem Geburtstag verschwunden sind. Da kann ich mein sauer verdientes Geld lieber gleich zum Fenster rausschmeißen.«
»Aber ich hab ihn nicht untergemüllt!«, sagt Niklas. »Ich hatte ihn ja gestern noch, auf dem Rad! Bestimmt hat ihn Karl ...«
Thomas fährt hoch.

»Langsam reicht es mir!«, sagt er. »Jetzt soll er also auch noch ein Dieb sein? Erst überfällt er dich, und dann klaut er dir auch noch dein Quix?« Er schlägt auf den Tisch. »Wir sind doch hier nicht in Chicago!«, schreit Thomas. »Denk dir gefälligst bessere Ausreden aus, wenn du Mist machst, aber noch besser: Sei ehrlich!«
Niklas starrt auf den Tisch. Er könnte von Svenjas CD erzählen. Von Thomas' Laufwerk.
Von Thomas' Laufwerk nicht.
Niklas ist still.
Wenn er an Karl denkt, spürt er immer, dass er gleich schreien wird.
»Aber irgendwie komisch finde ich den auch«, sagt Svenja. Sie nimmt sich noch eine Tasse Tee. »Echt jetzt.«
Niklas steht auf.
»Wo willst du hin?«, ruft Thomas.
Niklas ist schon halb im Wohnzimmer. »Ich ruf die Quixzentrale an und lass meine Nummer sperren«, sagt er. »Dann kann der wenigstens nichts damit anfangen. Der es hat.«
»Was soll das!«, ruft Thomas. »Das Ding ist unter dem ganzen Müll in deinem Zimmer vergraben, das weißt du so gut wie ich! Oder du hast es irgendwo verschlampt!«
Am anderen Ende meldet sich eine freundliche Stimme. Wenigstens nützt Karl das Quix jetzt nichts. Wenigstens hat Niklas es jetzt gesperrt.

»Na, da haben Sie sich ja richtig Mühe gemacht«, sagt der Polizist und lächelt Thomas an. Niklas ist wieder mitgekommen.
»Sieben Seiten. Lang für eine Anzeige.«
»Es ist ja auch einiges passsiert«, sagt Thomas.
»Und gegen wen richtet sich Ihre Anzeige nun genau?«, fragt der Polizist. »Sie kennen den Täter?«
»Es sind gleich mehrere«, sagt Thomas. »Am besten gegen alle. Wir wollen einfach, dass es aufhört. Immer das Telefon, verstehen Sie ...«
Der Polizist lächelt. »Na, das kann ich dann ja alles nachlesen«, sagt er freundlich. »Noch was?«
»Ja, wir wüssten gern ...«, sagt Thomas. Niklas versteht, warum er so unsicher ist. Nicht wie sonst. Nicht wie Thomas sonst.
Sie reden hier von Kleinigkeiten, machen sich wichtig. Blasen sich auf, dabei ist weiter nichts passiert. Bagatellen.
»... wie es jetzt weitergeht«, sagt Thomas. »Was passiert denn jetzt mit diesen Jungs? Von Ihrer Seite?«
Der Polizist blättert in der Anzeige.
»Erst mal les ich das hier«, sagt er. »Und dann werde ich die Beschuldigten wohl vorladen. Bevor die Sache zum Gericht geht.«
»Das ist gut«, sagt Thomas. »Dann merken die wenigstens ...«
»Sie bekommen dann Bescheid«, sagt der Polizist. Sein Lächeln ist eine Verabschiedung.
Natürlich, er hat nicht mehr Zeit für sie.

Keine Gewalt.
Keine Toten.
Außer, vielleicht, ein Kaninchen.

Wieso es so lange gut gegangen ist mit dem verschwundenen Laufwerk, weiß Niklas nicht. Wieso Thomas nicht längst im Keller war. Fast hat Niklas es schon vergessen.
Er fährt morgens nicht mehr mit Karl und er fährt mittags nicht mehr mit Karl. In der Schule bleibt er immer bei der größten Gruppe.
Er braucht das Laufwerk zurück. Aber er weiß auch, er hat keine Chance.

Nach dem Abendbrot merkt Thomas, dass das Laufwerk fehlt. Vielleicht hat er zuerst nur Papiere sortiert, vielleicht war er auch einfach nur zu angespannt nach der Arbeit: Erst ungefähr um neun hört Niklas ihn die Treppe hochkommen. Sie sitzen zu dritt im Wohnzimmer, Karin, Svenja und Niklas, und gucken zum hundertsten Mal *Sister Act*. Darauf können sie sich einigen.
»Kann mir mal irgendwer sagen, was das soll?«, fragt Thomas und steht in der Wohnzimmertür. »Die ganze Zeit denk ich schon, irgendwas stimmt doch nicht mit dem PC, irgendwas ist doch anders! Wer hat mein neues CD-ROM-Laufwerk?«
Karin sieht ihn verständnislos an. Es gibt Kurse an der Volkshochschule, da können Frauen lernen, mit dem PC umzugehen. Aber nach der Arbeit und dem Haushalt ist Karin zu müde.
»Ich war da schon ewig nicht mehr dran«, sagt Svenja.

Thomas guckt Niklas an. »Also?«, sagt er.
Auf dem Bildschirm versucht Whoopi Goldberg, ein bisschen Schwung ins Kloster zu bringen.
»Ich hatte den«, sagt Niklas.
Wieder wird ihm bewusst, wie wahnsinnig er gewesen ist. Nicht nur, weil er ausgerechnet Karl das Laufwerk geliehen hat. Es reicht schon, dass er es überhaupt verliehen hat. Solche Teile verleiht man nicht. Und ohne zu fragen.
»Ja?«, sagt Thomas.
Karin schaltet den Ton aus. Jetzt ist es still im Wohnzimmer.
»Also Karl, also der Karl«, sagt Niklas und guckt auf die Tischplatte. Man kann immer ganz genau sehen, wo er gesessen hat. Immer sind an der Stelle Fingerabdrücke auf der blanken Platte.
»Als er hier war, neulich. Der wollte das so gerne mal geliehen haben.«
»Karl?«, sagt Karin. »Von dem du immer sagst – O-Ton jetzt –, er ist so ein Schwein, und dann leihst du ihm ...«
»Vorher!«, schreit Niklas. »Das war doch vorher!«
»*Mein* CD-ROM-Laufwerk?«, ruft Thomas. »Ohne mich zu fragen?«
Darum hat Niklas vorher nichts gesagt. Genau darum.
Niklas gibt keine Antwort. Es gibt keine Antwort.
»Ruf an«, sagt Thomas und hebt das Telefon vom Beistelltisch. »Los. Das will ich jetzt klären.«

Auf dem Bildschirm swingen Whoopi und ihre Nonnen.
»Jetzt noch?«, flüstert Niklas. Abends neun Uhr. »Ich könnte doch morgen ...«
»Wie ist die Nummer?«, fragt Thomas.
Niklas wählt.

Am anderen Ende meldet sich Karl.
Niklas spürt, wie wieder etwas in ihm zu zittern beginnt. Karl an der Küchentür, Karl, der lacht. Karl mit dem Messer.
»Hier ist Niklas«, sagt er. Seine Stimme klingt dünn. »Mein Vater möchte sein Laufwerk zurückhaben.«
Am anderen Ende ist es eine Weile still.
»Welches Laufwerk denn, Alter?«, sagt Karl. »Keine Ahnung, wovon du redest.«
»Das CD-ROM-Laufwerk!«, ruft Niklas. »Mein Vater will das zurück!«
»Ciao, Alter, ich hab zu tun«, sagt Karl. Dann tutet es in der Leitung.
Niklas sieht hoch. »Er sagt, er hat es nicht«, murmelt er.
»Bitte?«, sagt Svenja. »Du leihst einem Thomas' Laufwerk ...«
»Das werden wir doch sehen!«, sagt Thomas grimmig und reißt Niklas das Telefon vom Schoß. »Karl und Karl und Karl! Irgendwer lügt hier! Wie ist die Nummer?«

Diesmal klingelt es lange.
»Er geht nicht ran«, sagt Niklas.
Aber Thomas legt nicht auf. »Ja, hallo?«, sagt er. »Sie sind die Mutter von Karl, nehme ich an? Ihr Sohn hat sich von uns ein CD-ROM-Laufwerk ausgeliehen, und nun gibt es da offenbar irgendwelche Missverständnisse. Mein Sohn hat Ihren Sohn so verstanden, dass Ihr Sohn sagt, er hätte kein Laufwerk von uns.«
Niklas hört, wie am anderen Ende gesprochen wird. Er sieht Thomas nicht an. Ohne zu fragen drückt er auf den Lautsprecherknopf.
»... sehr wundern!«, sagt eine Frauenstimme. »Schließlich hat er selber eins, mein Sohn! Da gibt es ja gar keinen Grund für ihn, sich noch eins ...«
»Hören Sie!«, sagt Thomas. »Ich weiß nicht, welchen Grund Ihr Sohn hat, sich mein Laufwerk auszuleihen, aber ausgeliehen hat er es. Und jetzt hätte ich es gerne zurück.«
»Dann hätte ich es doch auch mal sehen müssen!«, ruft die Frau. »Wenn ich in seinem Zimmer bin, hätte ich es ...«
»Ich bitte Sie, die Sache ganz schnell zu klären«, sagt Thomas, und Niklas wundert sich über seinen Ton. Seinen Arbeitston. Jetzt ist Thomas auf Niklas' Seite. »Ganz schnell. Ich warte.«
Dann legt Thomas auf. Er sieht Karin an.
»Willst du auch ein Bier?«, fragt er.

Danach sitzt Thomas auf dem Sessel und guckt mit ihnen zusammen auf den Bildschirm, auf dem Whoopi einen stummen Chor dirigiert.
»Was heißt, er hat es einfach genommen?«, sagt Thomas heftig. »Du hast es ihm zumindest gelassen!«
Niklas überlegt, was er hätte tun können.
Karl das Laufwerk aus den Händen reißen. Sich Karl in den Weg schmeißen. Thomas kennt Karl nicht. Natürlich kann er nicht begreifen.
»Der hätte doch nicht auf mich gehört«, sagt Niklas.
Thomas schaltet Whoopi lauter.
»Ich verbiete dir für alle Zukunft, an meinen PC zu gehen«, sagt er.

Karls Mutter ruft fünf Minuten später an.
»Hören Sie?«, sagt sie. »Hören Sie, ich hab mit meinem Sohn gesprochen, und so ist die Sache ja nun nicht!«
Thomas stellt sein Glas auf den Tisch. »Ja?«, sagt er.
»Dass mein Sohn Ihr Laufwerk nicht rausgeben will!«, sagt die Frau. »Schließlich hat er dafür bezahlt!«
Niklas sieht, wie ein Ruck durch Thomas geht. Dann wandert Thomas' Blick zu ihm.
»Bezahlt?«, fragt er ruhig.
»Hundert Mark!«, sagt die Frau aufgeregt. »Ihr

Sohn hat meinem Sohn erzählt, das wäre sein Laufwerk, und er brauchte das nicht mehr, und für hundert Mark ...«
»Ihr Sohn hat meinem Sohn hundert Mark dafür gegeben?«, sagt Thomas ruhig und sieht Niklas an.
»Mein Sohn sagt«, sagt die Frau aus dem Lautsprecher, aber jetzt hält Niklas es nicht mehr aus.
»Der lügt doch!«, schreit Niklas. »Der lügt doch, der hat das einfach genommen, und dann ...«
»Hören Sie, was mein Sohn sagt?«, fragt Thomas. »Ich nehme an, Sie können das hören.«
»Ich habe keinen Grund anzunehmen, dass mein Sohn mich belügt!«, sagt die Frau. »Vielleicht fragen Sie mal Ihren Sohn, ob er nicht hundert Mark ...«
»Wir kommen vorbei und holen das Laufwerk ab«, sagt Thomas. »Jetzt gleich.«
Dann legt er den Hörer auf.
Er sieht Niklas an.
»Wirklich, Thomas!«, schreit Niklas. Natürlich muss Thomas ihm glauben. »Ich verkauf doch nicht deine Sachen!«
Thomas sieht ihn an, undurchdringlich. »Wer einmal lügt«, sagt er und nimmt sich im Flur die Jacke vom Haken. »Wer lügt, der stiehlt auch.«
Niklas schüttelt den Kopf.
»Thomas!«, schreit er.
Thomas hält ihm seine Jacke hin.
»Und warum hast du mir dann die ganze Zeit

nichts davon erzählt? Du kommst mit«, sagt er. Vor dem Haus schließt er das Auto auf.

Niklas sitzt auf dem Beifahrersitz.
Wenn man zu Hause einmal nicht erzählt, dass man eine Fünf in der Mathearbeit geschrieben hat, ist das doch kein Lügen. Jeder hat solche Sachen schon mal nicht erzählt. Wenn man eine Fünf verheimlicht, klaut man deshalb doch nicht.
»Thomas«, sagt Niklas.
Er konnte es ihnen nicht erzählen, weil er nicht gelernt hatte für die Arbeit. Die ganze Woche schon hatte Karin gedrängt. Aber er hatte viel zu große Angst. Wenn er das Mathebuch vor sich sah, wurde ihm jedes Mal übel. Und es ist leichter, als man denkt, so zu tun, als käme nicht, wovon man doch genau weiß, dass es kommen muss.
»Du kannst dem doch nicht mehr glauben als mir, Thomas!«, sagt Niklas.
Thomas schaltet so hart, dass ein Ruck durch das Auto geht.
»Und warum nicht?«, fragt er. Ohne den Blick von der Straße zu nehmen.
Weil ich dein Sohn bin!, will Niklas schreien. Weil ich dein Sohn bin, Thomas, darum musst du mir glauben!
Aber er versteht, dass solche Gründe nicht gelten. Auch Karl ist ein Sohn. Auch Karls Mutter muss ihrem Sohn glauben.

Aber nur einer von ihnen sagt die Wahrheit.
»Noch vor einem Jahr«, sagt Thomas, ohne Niklas anzusehen, »noch vor ein paar Monaten hätte ich dir geglaubt, bedenkenlos. Aber inzwischen ist zu viel passiert. Diese Lügerei wegen der Mathefünf und die Geschichte mit dem Messer.«
Niklas macht die Augen zu. Wegen Karl wird er nicht weinen.
»Der Dauerbrenner Karl!«, sagt Thomas. »Erst die Geschichte mit dem Quix, jetzt das Laufwerk – du bist wohl froh, dass du jemanden hast, auf den du alles schieben kannst?«
Niklas ist still. Thomas wird ihm nicht glauben.

»Aber wenigstens meine hundert Mark will ich dann schon zurück«, sagt Karl zu Thomas.
Thomas hält das Laufwerk behutsam auf seinen Armen, die Schnur ist mehrfach darumgewickelt. Man sieht, dass das Haus noch nicht lange bezogen ist. Neben der Eingangstür stehen leere Farbeimer und im Licht der Flurbeleuchtung sieht man auf einer Eibe blaue Spritzer.
»Mein Sohn sagt, er hat dir das Laufwerk nur ausgeliehen«, sagt Thomas, und einen Augenblick lang hofft Niklas, dass Thomas ihm doch noch glaubt. »Das mit den hundert Mark ist gelogen.«
»Was?«, schreit Karl. »Was?« Er sieht Niklas an. »Du widerliche kleine Ratte!«, schreit er. »Erst verkaufst du mir ein kaputtes Laufwerk, und dann …«

»Kaputt?«, fragt Thomas.
»Na, probieren Sie's doch mal aus!«, ruft Karl. »Deshalb hat er es mir ja wahrscheinlich nur verkauft, weil es ihm sowieso nichts mehr genützt hat! Und jetzt kriege ich mein Geld nicht mehr zurück!«
Karls Gesicht ist rot vor Zorn. Er sieht aus, als wolle er gleich auf Niklas losstürzen.
Seine Mutter steht hinter ihm. Sie rührt sich nicht. Sie sieht Thomas an.
Thomas zieht seine Geldbörse heraus.
»Da«, sagt er. »Guten Abend.«

Mit Niklas redet er erst wieder, als sie zu Hause sind.
»Die hundert Mark kriege ich von dir wieder«, sagt er kalt. »Vielleicht hast du sie ja noch. Und dann zahlst du mir ein neues Laufwerk. Ich hole mir das Geld von deinem Konto.«
Niklas geht in sein Zimmer. Es ist vollkommen sinnlos, mit Thomas zu reden, er wird ihm nicht glauben. Wer so wütend ist wie eben Karl, so empört, weil er zu Unrecht beschuldigt wird, der lügt nicht.
Sogar Niklas hat ihm einen Augenblick lang geglaubt.
Niklas legt sich auf sein Bett. Er muss nicht einmal mehr weinen. Er kann Thomas verstehen und vielleicht sogar Frau Römer.
Jungen wie Karl kommen in ihrer Welt nicht vor.

Es gibt keine Menschen, die gemein sind ohne Grund.
Wo kein Motiv ist, da ist auch keine Tat, denkt Niklas. Gerade am Sonntag erst haben sie das im Krimi gesagt. Natürlich hatten sie Recht. Der Täter war schließlich ein anderer. Einer mit einem Motiv.
Kein Mensch ist einfach nur böse. Einfach nur so.
Es kann Karl nicht geben.

Seit der Anzeige sind sicher zwei Wochen vergangen, da klingelt abends das Telefon.
Seit ein paar Tagen hat das Dauerläuten aufgehört, nun heben sie wieder ab.
»Ja bitte?«, sagt Thomas. Als die Stimme am anderen Ende zu sprechen beginnt, drückt er selbst auf den Lautsprecherknopf. Dann legt er den Finger auf die Lippen.
»... unschuldige Jungs Ärger kriegen!«, sagt eine Männerstimme. Vielleicht klingt sie betrunken. Aber nicht sehr.
»Das rate ich Ihnen im Guten! Sagen Sie der Polizei, die sollen aufhören! Das mit dem Hasen, da hat Karl nichts mit zu tun! Das war ich, das können Sie der Polizei sagen!«
»Ah ja«, sagt Thomas. Freundlich. »Und wer sind Sie denn, wenn ich fragen darf?«
»Das tut nichts zur Sache«, sagt die Stimme, und jetzt ist Niklas fast sicher, dass sie betrunken klingt.
Ein falsches Alibi, denkt er. Chicago.
»Aber Sie werden doch sicher verstehen, dass Ihr Anruf nichts bewirken kann, wenn Sie nicht wenigstens sagen, wer Sie sind«, sagt Thomas. »So sind Sie nicht sehr glaubwürdig.«
Es gibt eine kleine Pause. Vielleicht denkt der Mann nach, vielleicht trinkt er einen Schluck.
»Karl war das nicht, sag ich doch!«, sagt er dann. »Ich war das gewesen, sagen Sie das der Polizei!«
»Und wie sind Sie vorgegangen?«, fragt Thomas. »Wie haben Sie das gemacht mit dem Kaninchen?«

»Wie, vorgegangen?«, fragt der Mann.
»Wo stand der Käfig, mussten Sie ein Vorhängeschloss aufbrechen oder gab es nur einen Haken, war nur das eine Kaninchen im Käfig oder noch ein zweites in der Nachbarbox?«, fragt Thomas. Thomas sieht Krimis.
»Wie?«, fragt der Mann. »Ich war das gewesen, hab ich gesagt!«
»Er weiß es nicht!«, flüstert Niklas aufgeregt. »Das ist der Beweis!«
Svenja tippt sich an die Stirn.
»Gut, nehmen wir an, ich glaube Ihnen«, sagt Thomas. »Warum sollten Sie das aber getan haben? Ein erwachsener Mann, der meinen Sohn nicht kennt?«
Wieder gibt es eine Pause.
»Ihr Sohn ist Schmutz auf dem Angesicht der Erde!«, sagt der Mann dann. »Der hat Karl beleidigt, der beleidigt Karl, deshalb musste er eine Lehre bekommen! Der hat keinen Respekt! Und wenn er so weitermacht, mach ich das wieder, ich mach noch ganz andere Sachen, ich ...«
Die Stimme wird aufgeregt.
»Okay, okay«, sagt Thomas beruhigend. »Sie sind also ein Freund von Karl?«
»Mich legst du nicht rein, Scheißer!«, sagt die Stimme am anderen Ende. Schrill jetzt. Dann wird der Hörer aufgelegt.
Thomas atmet aus. »Puuhh!«, sagt er.
»Das ist der Beweis!«, ruft Niklas. »Er wusste überhaupt nicht, wo der Käfig steht, der war noch nie hier, dem hat

Karl nur gesagt, er soll ihn decken! Oder? Thomas, oder?«
»Natürlich wollte er das nur«, sagt Thomas. »Mein Gott, was für Menschen es gibt. Aber natürlich war das auch gleichzeitig eine Drohung.«
Niklas starrt Thomas an. Chicago.
»Aber ein Beweis ist es doch auch!«, sagt Niklas. »Ein falsches Alibi!«
»Ach du süßer Kleiner!«, sagt Svenja. »Und woher weiß die Polizei, dass wir nicht lügen? Dass wir uns diesen Anruf nicht ausgedacht haben?«
Niklas sackt zusammen.
»Die gehen doch kein Risiko ein«, sagt Svenja.
»Ich geh trotzdem morgen zur Polizei und erzähl ihnen das«, sagt Thomas. »Schon wegen der Drohung.«
Dass es im wirklichen Leben so was gibt. Morgen kann Niklas Hendrik davon erzählen.

Die Zentrale ruft am Nachmittag an, ausnahmsweise ist Thomas zu Hause. Er hat sich Arbeit mitgebracht und sitzt unten in seinem Keller am PC, aber gerade ist er hochgekommen, um sich einen Kaffee zu holen.
Darum ist er der Erste am Telefon. Darum nimmt er den Anruf entgegen, wer weiß, wie es sonst alles gekommen wäre.
Wenn er in der Firma gewesen wäre an diesem Nachmittag. Wenn er im Keller am PC gesessen hätte. Wenn Niklas den Hörer abgenommen hätte. Hätte Thomas ihm geglaubt?
So jedenfalls wird er ganz starr.
»Noch mal, noch mal«, sagt Thomas verwirrt. »Sie sind die Quixzentrale und Sie haben ein Schreiben meines Sohnes bekommen, dass er sein Quix wieder gefunden hat und die Sperre aufheben will, verstehe ich Sie richtig. Damit er das Quix wieder benutzen kann. Und jetzt wollen Sie nachprüfen, ob das stimmt. Moment, ich frage meinen Sohn.«
Niklas bekommt einen Schrecken, als Thomas die Zimmertür öffnet. Sie reden nicht mehr, seit einer Woche nicht. Manchmal brüllt Thomas ihn an.
»Hast du an die Quixzentrale geschrieben?«, fragt Thomas. »Hast du das Ding wieder gefunden? Wolltest du das entsperren lassen?«
Niklas starrt ihn an. »Quatsch!«, sagt er dann.
Thomas ist schon wieder am Telefon. »Lassen Sie

die Sperre!«, sagt er. »Mein Sohn hat das Quix nicht wieder. Da versucht offenbar jemand ...«
»Karl!«, flüstert Niklas eindringlich. »Karl, Thomas!«
Er spürt, wie etwas in ihm ganz leicht wird. Thomas muss ihm glauben, Thomas muss ihm glauben.
Alles wird gut.
»Ja, hören Sie, und Sie können nicht mehr feststellen, woher der Brief ...?«, sagt Thomas in den Hörer.
Die Antwort kann Niklas nicht hören.
»Ja, natürlich«, sagt Thomas dann. »Unsere Anschrift als Absender. Vielen Dank. Und die Sperre bleibt.«
Er legt den Hörer auf.
»Niklas«, sagt Thomas.

Es gibt zwei Möglichkeiten, das begreift Niklas auch. Dass er selber den Brief geschrieben hat. Weil er das Quix wieder gefunden hat. Und zu Hause hat er nichts davon erzählt. Weil er doch Karl beschuldigt hatte.
Thomas sieht ihn nachdenklich an.
Oder dass er den Brief *nicht* geschrieben hat. Dann hat das jemand anders unter seinem Namen getan. Jemand, der sein Quix hat und darum die Nummer auf der Rückseite kennt. Jemand, der außerdem weiß, dass das Quix mit dieser Nummer Niklas gehört.

Nicht einfach jemand, der sein Quix gefunden hat, nach dem Überfall damals. Wie sollte der den Besitzer wissen?
»Jetzt siehst du doch, dass es Karl war!«, sagt Niklas.
Thomas nickt.
»Langsam glaube ich es auch«, sagt er. Er klingt müde. »Die Unterschrift war mit dem Computer ausgedruckt. Aber wie kann ein Junge – wieso sollte der ...«
»Weil ihm das Teil sonst nichts nützt!«, ruft Niklas. »Wenn es gesperrt ist! Da hätte er es ja gar nicht erst klauen müssen!«
»Jaja«, sagt Thomas. »Aber das meine ich nicht. Ich meine, wieso soll jemand überhaupt all diese Sachen machen? Wenn du ihm vorher nichts getan hast? Ich kann mir das nicht vorstellen. Aber ich entschuldige mich bei dir, Niklas.«
Niklas legt seinen Kopf gegen Thomas' Schulter. Das hat er lange nicht mehr getan.
»Schon okay«, murmelt er in Thomas' Ärmel.

»Es beweist gar nichts«, sagt Thomas. Er sitzt mit Niklas und Karin im Wohnzimmer. »Versteht ihr, *wir* glauben jetzt, dass Karl dieses Ding genommen hat, *wir* glauben, dass er den Brief geschrieben hat – aber beweisen können wir nichts.«
»Ruf die Mutter an«, sagt Karin.
»Gibt es da auch noch einen Vater?«, fragt Thomas.

Niklas nickt. Der Vater hat Karl einmal im Auto von der Schule abgeholt. Das Auto war nicht schlecht. An diesem Mittag ist Niklas mit dem früheren Bus gefahren.
Als Thomas anruft, ist der Vater am Apparat. Seine Stimme im Lautsprecher ist freundlich. Sie passt zum Auto.
Er ist überrascht. Er ist überzeugt, es müsse sich um ein Missverständnis handeln. Er warnt davor, aufgrund einer ja offenbar bestehenden Voreingenommenheit ein Kind zu verdächtigen. Er erlaubt sich darauf hinzuweisen, dass Niklas seinen Sohn schon mehrfach beschuldigt habe, jedes Mal ohne Grund. Er deutet an, Niklas könne seinen Sohn fertig machen wollen.
»Und warum?«, fragt Thomas.
»Gegenfrage«, sagt die höfliche Lautsprecherstimme. »Warum sollte mein Sohn all diese Dinge tun?«
»Guten Abend«, sagt Thomas.

Die hundert Mark muss Niklas Thomas nicht mehr zahlen, und auch ein neues Laufwerk kauft Thomas sich irgendwann selbst.
»Obwohl du ihm das nie hättest geben dürfen«, sagt er.
»Er hat es ja einfach genommen!«, sagt Niklas. »Was sollte ich da machen!«
»Schreien«, sagt Thomas.

Aber sie wissen beide, dass das Unsinn ist.
Damals konnte Niklas noch gar nichts wissen.
»Und in der Schule?«, fragt Thomas. »Lässt er dich da in Ruhe?«
Niklas nickt. In den Pausen steht Karl mit Rocky hinter der Turnhalle. In der Schule tut er, als wäre Niklas Luft.
»Ich hatte überlegt, ob ich Frau Römer anrufen soll«, sagt Thomas.
»Nein!«, ruft Niklas.
Thomas nickt. »Ich seh's ja selber«, sagt er. »Solange in der Schule nichts passiert ...«
»Warum macht der Junge das alles?«, fragt Karin.
Niklas weiß, dass sie immer diese Fragen stellen. Eltern. Frau Römer.
Er stellt sie nicht. Ihm genügt, dass Karl tut, was er tut.

Als Thomas von der Wache zurückkommt, sieht er müde aus.
Diesmal ist Niklas nicht mit ihm gegangen.
»Er hat dir nicht geglaubt«, sagt Karin.
Thomas setzt sich auf einen Küchenstuhl.
»Doch, doch«, sagt er. »Aber für ihn ist das alles ... Verstehst du, die Polizei hat ja wirklich ganz andere Dinge zu tun.«
»Natürlich«, sagt Karin.
»Gestern Nachmittag«, sagt Thomas. »Nur mal so zum Beispiel. Da haben sie die Grundschule überfallen. Den Hausmeister über den Hof gejagt.«
»Und?«, sagt Karin.
Thomas zuckt die Achseln.
»Die Hälfte von denen hatte er am Tag vorher schon mal geschnappt, hat der Polizist gesagt.«
Thomas trommelt mit den Fingern auf den Tisch.
»Unsere Geschichte ist doch eine Bagatelle«, sagt er. »Das müssen wir ehrlich zugeben. So was müsste man eigentlich selber lösen können.«
Karin sieht ihn überrascht an.
»Wie?«, fragt sie.
Niklas wüsste, wie. Das hat er ja von Anfang an gewollt, das Einzige, was hilft.
Aber sie haben das Selbstjustiz genannt.
»Was wird aus solchen Jungs«, sagt Thomas. »Mein Gott, sag mir das mal. Die immer wieder merken, dass sie tun können, was sie wollen. Dass niemand gegen sie ankommt. Auch nicht die Polizei.«

Niklas zerbröselt eine Brotrinde.
»Da muss man nur welchen Bescheid sagen«, sagt er zur Tischplatte. »Katja aus der Neunten kennt welche, wenn sie denen Bescheid sagt …«
»Keine Gewalt!«, sagt Karin.
»Keine Selbstjustiz!«, sagt Thomas. Gleichzeitig.
Karin steht auf und legt Niklas ihren Arm um die Schultern.
»Wir sind doch hier nicht in Chicago«, sagt sie.
Zum ersten Mal seit Tagen meldet sich wieder niemand, als Thomas ans Telefon geht. Es klingelt den ganzen Abend, und sie legen den Hörer neben den Apparat, weil sie die Nummer für die Sperre vergessen haben.
»Vielleicht sollten wir doch eine Fangschaltung beantragen«, sagt Thomas.
»Das viele Geld«, sagt Karin.

Rockys Anruf kommt am Nachmittag, nicht lange nach der Anfrage der Quixzentrale. Niklas versucht gerade Mathe zu begreifen.
Das Läuten hallt durch das leere Haus. Karin ist nicht von der Arbeit zurück, Thomas nicht, Svenja ist wieder bei ihrem Basketball. Niklas nimmt nicht ab.
Niklas versucht Mathe zu begreifen, aber das Telefon gibt nicht auf.
»Ja?«, sagt Niklas.
»Ej, Niklas, bist du das?«, sagt Rockys Stimme. »Mann, ich dachte, ich könnte ja auch bis morgen warten, in der Schule, aber ich dachte – ich dachte, vielleicht freust du dich, oder? Darum wollte ich gleich Bescheid sagen, okay?«
»Was?«, sagt Niklas.
»Kann Zufall sein, okay, werden wir ja gleich wissen«, sagt Rocky aufgeregt. »Aber sag mal, du hast doch ein Quix, oder? Hab ich doch bei dir gesehen?«
»Wieso?«, fragt Niklas. Er merkt, wie seine Nackenmuskeln sich spannen.
»Ja, also, wenn nicht ...«, sagt Rocky verwirrt. »So 'n durchsichtiges, oder? Wo man die Elektronik sehen kann? Hast du doch?«
»Ja?«, sagt Niklas. Vorsichtig.
»Hast du das noch?«, fragt Rocky. Er klingt aufgeregt. »Weil, nämlich – ich hab so ein Teil gefunden, eben. Haargenau so eins. Geht sogar noch, ist nur ein bisschen dreckig. Da hab ich gedacht, wenn

das dir gehört, also – kannst du mal gucken, ob du deins noch hast?«
Niklas schluckt. Und er hatte gedacht, dass Karl ...
»Meins ist weg«, sagt er schnell. »Rocky, ich komm mal gucken, okay? Jetzt sofort.«
Er denkt nicht daran, dass ihm Rocky ja auch einfach nur die Nummer hätte sagen können. Dann hätten sie gleich gewusst, ob es das richtige ist.
Er fragt sich auch nicht, warum sie sich nicht bei Rocky zu Hause treffen wollen.
Sondern am Feuerwehrteich.
Niklas fährt, so schnell er kann. Es ist grau, und es nieselt, aber Niklas spürt den Regen nicht. Wie kann Rocky sein Quix gefunden haben? Wenn doch schon irgendwer versucht hat, es bei der Zentrale zu entsperren?
Er hat Karl Unrecht getan. Fast empfindet Niklas etwas wie Scham.

Am Feuerwehrteich auf der Bank sitzt Rocky. Aber nicht allein.
»Hallo, Kleiner«, sagt Karl.
»Du hattest mir gar nicht gesagt ...«, sagt Niklas. Er sieht Rocky an.
Rocky spreizt die Finger. »Tja!«, sagt er.
»Komischer Zufall, oder?«, sagt Karl. »Ich hab dein Quix gefunden, Kleiner. Ist doch deins, oder?« Er lässt es an seiner Kette vor Niklas' Gesicht baumeln, hin und her. »Logisch ist das deins.«

»Kann ich mal die Nummer sehen?«, fragt Niklas. Sein Hals fühlt sich trocken an, die Stimme klingt rau. Im Regen liegt der Feuerwehrteich so furchtbar einsam und weit von allem.
»Kannst du«, sagt Karl und hält ihm das Quix genau vors Gesicht. »Halt, Finger weg, wer hat dir erlaubt das anzugrabschen! Ist doch deins, oder?«
Niklas nickt. Er hat die Nummer gesehen.
»Danke«, murmelt er und streckt die Hand aus.
Aber Karl lacht.
»Das ist schön, dass du dich bedankst, kleiner Scheißer! Wenn du einen Hunderter rüberwachsen lässt, kannst du es haben. Wir warten«, und er schleudert das Quix an seiner Kette, dass sie sich ihm um den Finger wickelt. »Beeil dich.«
Niklas sieht Rocky an.
»Du hattest doch am Telefon gesagt ...«, sagt er.
Rocky lächelt.
»Stimmt doch, was ich gesagt hab, oder? Ist doch dein Quix, oder? Nur dass mein Freund Karl es gefunden hat. Hatte ich verwechselt. Kann vorkommen.« Er lächelt.
Niklas spürt den Regen. Der Regen macht alles wirklich. Sonst könnte es ein Film sein, schon einmal ist er am Feuerwehrteich in einen Film geraten. In Filmen wird man nicht nass.
»Ich denk ja nicht dran!«, sagt Niklas. »Ich bin doch nicht blöd und zahl für mein eigenes Quix, das du mir geklaut hast ...«

»Hundert Mark«, sagt Karl und steckt das Quix in die Jackentasche. »Wie nennt man das noch, Rocky?«
Rocky sieht aus, als ob er grübelt.
»Finderlohn?«, sagt er nachdenklich. »Ich glaub, so heißt das, oder?«
»Finderlohn«, sagt Karl und nickt. »Genau. Hundert Mark, kleiner Scheißer, aber ganz schnell. Sonst verlier ich das Teil vielleicht wieder.«
Aber jetzt weiß Niklas plötzlich, was er tun muss. Nein, dies ist kein Film, dies ist Wirklichkeit, es regnet, und der Feuerwehrteich ist nicht Chicago, und Thomas und Karin glauben ihm jetzt. Dies ist kein Film und Karl hat sein Quix gestohlen.
Man muss sich nichts gefallen lassen.
»Bin ich bescheuert?«, schreit Niklas. »Gib das Quix her, sag ich dir! Du hast das geklaut, und dann hast du bei der Zentrale versucht ...«
»Was?«, sagt Karl ruhig und steht auf. »Was?«
»Ja!«, schreit Niklas und die ganze Wut der letzten Wochen ist auf einmal wieder da, aber jetzt muss er sich von Karl nichts mehr gefallen lassen. Thomas und Karin glauben ihm jetzt.
»Du hast das geklaut, und wenn ich es nicht sofort wiederkriege, sage ich meinem Vater Bescheid, und der macht eine Anzeige, und du ...«
»Du kleiner Scheißer!«, brüllt Karl. »Du miese kleine Ratte, du ...«
»Du kannst sowieso nichts damit anfangen!«,

schreit Niklas. »Es ist gesperrt, und bei der Zentrale hat es nicht geklappt, die hast du nicht reinlegen können, und darum willst du jetzt wenigstens Geld rausschlagen, aber glaub bloß nicht ...«
»... widerlicher Klumpen Kotze!«, schreit Karl.
Und Niklas hört auf zu schreien.
Auf dem Boden, auf dem festgetretenen Boden vor der Bank liegt sein Quix, und darauf saust jetzt Karls Fuß herunter, einmal und immer wieder, es dröhnt und knirscht, und Niklas weiß längst, dass da unten jetzt nur noch Splitter liegen; aber Karl weiß es nicht.
Sein Fuß saust immer noch weiter herunter, und sein Gesicht, sein Gesicht ...
Niklas spürt, wie er ganz ruhig wird. Er hat alles genau gesehen. Und Rocky ist auch dabei.
»Das bezahlst du mir!«, sagt Niklas und dreht sich um. »Das bezahlst du mir, oder mein Vater ...«
Dann spürt er den Schlag und fällt, hört, wie Rocky etwas schreit, sieht Karl über sich, Karl mit einem Gesicht, das nicht sein kann, sieht Rocky, wie er Karl zurückreißt, auf ihn einredet, schnell, aufgeregt, hört ihre Räder auf dem Sand.
Und noch während er liegt und nur noch seinen eigenen Atem hört, heftig, wild, und dem sonderbaren Dröhnen in seinem Kopf nachspürt, das kein Klang ist, tonlos und trotzdem ein Dröhnen, merkt er erstaunt, dass er ruhig wird. Beinahe glücklich.

Thomas wird ihm glauben, was er erzählt. Karin wird ihm glauben.
Karl ist zu weit gegangen, über die Grenze. Karl wird sich entschuldigen. Karl wird ihm sein Quix ersetzen.
Und Niklas will, dass Karl bestraft wird, oh ja, das will er. Er weiß, was Frau Römer dazu sagen würde, man soll keinen Rachewunsch haben, zivilisierte Menschen haben keinen Rachewunsch, aber es ist ihm egal.
Er will, dass Karl Ärger kriegt. Nichts wünscht er sich mehr.
Niklas streckt sich aus. Der Regen fällt sanft auf sein Gesicht und sein Atem wird ruhiger. Das Dröhnen verebbt und er leckt sich mit der Zunge den Regen von der Oberlippe.
Karl bekommt seine Strafe. Alles wird gut.

Diesmal meldet sich jemand am anderen Ende, als Thomas abhebt, Niklas sieht es an seinem Gesicht.
Thomas drückt selbst auf den Lautsprecherknopf.
»... zurückziehen«, sagt die Polizistenstimme. Jetzt, durchs Telefon, hört Niklas, wie müde sie klingt. Nicht genervt. Nicht mitleidig. Müde.
»Ich hatte die Jungs hier, zu einem Gespräch. Mit ihren Eltern.«
»Ja?«, sagt Thomas und räuspert sich.
»Nette Eltern«, sagt der Polizist. »Ich habe ihnen vorgehalten, was in Ihrer Anzeige steht.«
»Ja?«, sagt Thomas wieder.
»Sie waren sehr eindeutig in ihrer Aussage«, sagt der Polizist. »Alle drei. Ich habe sie getrennt vorgeladen, aber sie erzählen alle das Gleiche. In allen Punkten.«
Thomas wartet. Niklas wartet mit ihm.
»Ziehen Sie die Anzeige zurück«, sagt der Polizist. »Die Jungs sagen übereinstimmend, dass Ihr Sohn lügt. Dass er Karl eins auswischen will aus irgendeinem unerklärlichen Grund. Dafür gäbe es auch Zeugen, Karls Vater hat das bestätigt. Die Klassenlehrerin könne jederzeit bestätigen, dass Niklas eine heftige irrationale Abneigung gegen Karl gefasst hat. Er hat sich mehrfach geweigert, mit Karl zusammenzuarbeiten. Es sieht so aus, als wolle Ihr Sohn ...«
»Okay«, sagt Thomas. »Okay. Aber da muss ich Sie doch fragen ...« Er macht eine Pause. »Und Sie glauben denen?«, fragt Thomas. »Sie glauben diesen Jungs, wo es so offensichtlich ist ...«

Am anderen Ende bleibt es einen Augenblick still. Dann klingt die Stimme noch müder.
»Es geht hier nicht darum, was ich glaube«, sagt der Polizist. »Und vor Gericht wird es auch nicht darum gehen, was der Richter glaubt. Recht hat nichts mit Glauben zu tun, nur mit Beweisen. Es ist ein Bagatellfall. Und die Jungs erzählen genau die gleiche Geschichte.«
»Aber dieser Jannis!«, ruft Thomas. »Wir haben ihn auf unserem Grundstück erwischt, wir alle vier, und hinterher war der Kaninchenstall ...«
»Haben Sie gesehen, wie er das Schloss geöffnet hat?«, fragt der Polizist. »Der Rocky bestätigt Jannis' Geschichte. Sie wollten zu einer Feier. Und Jannis kannte sich in der Gegend nicht aus.«
»Aber Rocky doch!«, sagt Thomas. »Der wusste doch genau, dass *wir* in diesem Haus wohnen, nicht irgendein Michael, der war doch schon bei uns, der ist doch ...«
»Hören Sie«, sagt der Polizist und jetzt klingt seine Stimme fest. »Sie können sich einen Anwalt nehmen. Dann nimmt die andere Seite sich auch einen Anwalt. Dann wird die Suche teuer und dauert, aber das Ergebnis wird das gleiche sein. Der Fall wird niedergeschlagen werden. Und das haben die Jungs dann schriftlich. Dann freuen sie sich doppelt. Ziehen Sie Ihre Anzeige zurück«, sagt der Polizist, und jetzt hört Niklas doch Mitleid in seiner Stimme. »Ich habe so was so oft erlebt. Ziehen Sie zurück.«
Thomas wartet. Er sieht Niklas an. Dann holt er tief Luft. »Vielen Dank«, sagt er ruhig. »Wir denken darüber nach.

Mich würde nur noch interessieren: Was haben die beiden denn erzählt? Über dieses Quix, zum Beispiel? Das Karl zertrampelt hat?«
»Es war eine Walnuss«, sagt der Polizist.

»Wo?«, fragt Karin und fährt Niklas mit den Fingern durch die Haare. »Am Hinterkopf?«
»Ach, ist doch egal!«, schreit Niklas. »Tut ja schon längst nicht mehr weh! Ihr müsst zur Polizei gehen, Thomas, er hat mein Quix zertreten, und Rocky ...«
»Zu sehen ist nichts«, sagt Karin und schüttelt den Kopf. »Na, da hast du Glück gehabt. So schlimm kann der Schlag nicht gewesen sein.«
»Doch!«, schreit Niklas. »Ziemlich schlimm, ich bin doch gefallen! Und Rocky hat das ja alles gesehen, Rocky hat ihn doch festgehalten, der hätte mich sonst totgeschlagen!«
»Unsinn«, sagt Thomas. Er sieht unsicher aus.
»Ich will, dass ihr zur Polizei geht!«, ruft Niklas. Seine Stimme klingt schrill. »Ich hab doch einen Zeugen! Und er wollte mich umbringen! Er wollte mich umbringen!«
»Du übertreibst«, sagt Thomas. Seine Stimme klingt kalt. »Wenn du dir das abgewöhnen könntest, würdest du dir selbst einen Gefallen tun. So verscherzt du dir alle Sympathien. So kann dir kein Mensch glauben.«
»Wenn es doch wahr ist!«, schreit Niklas. »Er hat auf meinem Quix herumgetrampelt ...«
»Das glaube ich dir«, sagt Thomas. »Und das reicht ja auch schon. Ich ruf den Vater an.«
»Die Polizei!«, kreischt Niklas. »Ich will, dass du die Polizei ...«

»Hör zu!«, schreit Thomas. Er packt Niklas an den Schultern. »Ich glaube dir den Vorfall, okay! Ich glaube dir, dass dieser Karl schon mehrfach – aber deshalb gehe ich doch nicht zur Polizei! Ich zeige doch kein Kind an! Ich kriminalisiere doch keinen Jungen, nur weil er vielleicht in der Pubertät mal eine Phase hat ...«
Er geht ans Telefon. »Die Eltern reichen«, sagt Thomas. »So geht man als zivilisierter Mensch mit solchen Dingen um. Nicht immer gleich die größte Keule. Ich rufe die Eltern an, und die heizen ihrem Sohn dann ein. Der muss dein Quix vom Taschengeld bezahlen, damit ist er gestraft genug. Sag noch mal die Nummer.«
Niklas schluckt. Thomas versteht nicht. Thomas versteht gar nichts.
»Ja?«, sagt Thomas. Niklas drückt auf den Lautsprecherknopf. »Es tut mir Leid, dass ich Sie in derselben Angelegenheit wie schon vor ein paar Tagen noch einmal belästigen muss. Aber diesmal ...«
Niklas geht zur Tür. Er will hören, wie das Gespräch abläuft. Aber nicht zu nah. Das könnte er nicht aushalten. Er weiß, dass er es nicht aushalten könnte.
»... ungeheuerlicher Vorwurf«, sagt Karls Vater. »Das ist Ihnen hoffentlich klar. Was Sie da behaupten, ist ebenso wie beim letzten Mal ...«
»Diesmal gibt es einen Zeugen«, sagt Thomas.

»Sprechen Sie mit Ihrem Sohn. Ich erwarte Ihren Anruf.«
Thomas legt auf. Er lächelt.
»So«, sagt er und sieht Niklas an. »So regelt man diese Dinge, Sohn. Du wirst sehen.«

»Eine *Walnuss*?«, sagt Thomas. Der Rückruf ist fast sofort gekommen. »Ihr Sohn behauptet, was er zertreten hat, war eine *Walnuss*?«
Die Stimme aus dem Lautsprecher klingt ärgerlich. »Haargenau so ist es, und allmählich verbitte ich mir die ständigen Attacken auf meinen Sohn!«, sagt sie. »Ich gebe zu, es war vielleicht kein schöner Scherz, aber Sie werden vermutlich auch verstehen, dass mein Sohn erregt war über die Beschuldigungen, die Sie neulich gegen ihn ausgesprochen haben. Und das geht mit Ihrem Niklas ja nun schon eine ganze Weile so. Dass er sich ständig neue Vorwürfe gegen Karl einfallen lässt.«
»Hören Sie!«, ruft Thomas. »In diesem Fall …«
»Karl fand die Idee mit der Walnuss lustig«, sagt die Lautsprecherstimme. »Er sagt, er hat selbst nicht daran geglaubt, dass Ihr Sohn darauf hereinfallen würde. Wie kann man eine Walnuss für ein Quix halten.«
Thomas sieht zu Niklas herüber. Niklas sieht, dass Thomas zweifelt.
»Und die Schläge?«, fragt Thomas. »Wie will Ihr Sohn die wegerklären?«

»Es hat keine Schläge gegeben«, sagt die Stimme eisig. »Übrigens gibt es für alles einen Zeugen, Sie haben mich freundlicherweise darauf aufmerksam gemacht. Rocky bestätigt Karls Erklärungen Wort für Wort. Die beiden waren von den ständigen Beschuldigungen Ihres Sohnes genervt. Deshalb der Scherz mit der Walnuss.«
»Auf Wiederhören«, sagt Thomas.

»Aber der Anruf!«, schreit Niklas. »Du hast doch selbst mit der Quixzentrale gesprochen! Das hatte ich mir doch auch nicht ausgedacht!«
Er sieht, wie Thomas sich entspannt.
»Du hast Recht«, sagt Thomas überrascht. Er sieht erleichtert aus. »Natürlich, das hatte ich jetzt fast vergessen. Fast hatte ich schon geglaubt – entschuldige, Niklas. Entschuldige.«
»Und jetzt?«, sagt Karin. »Was wird jetzt?«
»Wieso lügt denn aber dieser Rocky?«, fragt Thomas. »Das ist die einzige Sache, die ich nicht begreife.«
Niklas stöhnt. Es ist alles so einfach.
»Weil Karl das von den Pistolen weiß«, sagt Niklas. »Die Rocky im Koffer hat. Und wenn Karl das verpetzt ...«
»Unsinn!«, sagt Thomas. »Dann wüsstest du das von den Pistolen ja auch! Du könntest ihn genauso verpetzen.«
»Mir glaubt keiner«, sagt Niklas.

Thomas schüttelt den Kopf. »Ich glaube dir vieles, Niklas«, sagt er. »Aber das mit den Pistolen ...«
»Ich hab sie gesehen!«, ruft Niklas.
»Wie soll der denn wohl da rankommen«, sagt Thomas. »Der wollte dich reinlegen. Vielleicht einschüchtern. Das waren Attrappen, Niklas. Hundertprozentig.«
Niklas geht in sein Zimmer. Er versteht, dass sie ihm nicht glauben können. Nichts von dem, was passiert, können sie sich vorstellen.
Sie leben in einer anderen Welt.
Hier ist schließlich nicht Chicago.

Vielleicht hätten sie die Anzeige zurückgezogen.
»Es stimmt, wir können nichts beweisen«, sagt Karin. »Begreift das einfach mal. Aber immerhin mussten diese Jungs zur Polizei. Mit ihren Eltern. Glaubt ihr nicht, dass das irgendwie auch schon eine Strafe war? Dass die zu Hause ganz schön Ärger gekriegt haben?«
Sie strubbelt Niklas durch die Haare. »Die sind jetzt so klein mit Hut, auch ohne Verurteilung«, sagt Karin. »Und mir ist das ehrlich gesagt sogar lieber so. Ich will doch nicht jungen Menschen ihr Leben zerstören.«
Thomas lässt seinen Kugelschreiber auf dem Küchentisch hüpfen.
»Okay, geh ich morgen vorbei«, sagt er. »Und zieh die Anzeige zurück. Wahrscheinlich hast du Recht.«
»Und du hörst auf, dich aufzuregen«, sagt Karin zu Niklas. »Die beiden sind gestraft genug. Glaub mir.«
Niklas geht in sein Zimmer.

»Nein, Wahnsinn!«, schreit Svenja und knallt ihre Sporttasche auf den Flur. »Jetzt haben wir endlich was in der Hand! Das glaubt ja kein Mensch!«
»Was?«, fragt Niklas.
Es ist passiert, weil der Bus so voll war, nach dem Basketball. Arbeitsschluss war auch, alle sind sie nach der Arbeit aus der Stadt in die umliegenden Orte gefahren.
»Ich war total eingequetscht, versteht ihr?«, sagt Svenja. »Die haben mich einfach nicht gesehen.«
Karl und Rocky sind hinter der Fußgängerzone eingestiegen. Svenja hat sich klein gemacht. Nicht, weil sie

lauschen wollte, bestimmt. Es war ihr nur so unangenehm. Jetzt, nach der Anzeige. Sie wollte einfach nicht gesehen werden.
»Die haben sich halb totgefreut, wie sie die Bullen reingelegt haben«, sagt Svenja, und daran, dass sie immerzu ihre Fingerspitzen aufeinander tippt, rechter Zeigefinger auf linken Zeigefinger, rechter Mittelfinger auf linken Mittelfinger, merkt man, wie erregt sie ist. »Dann haben sie diesen Jugendbeauftragten nachgemacht, wie er sie befragt hat, Stimme und alles, die konnten sich kaum halten. Dann hat Karl gesagt, das mit Jannis war Scheiße, der hat totales Muffensausen, den hätten sie nicht nehmen sollen. Und Rocky hat gesagt, bei den Bullen hat Jannis es doch total gut gemacht.«
Svenja springt auf. »Los!«, ruft sie. »Sie haben es doch zugegeben! Und ich hab alles gehört! Los!«
»Los wohin?«, fragt Karin.
»Zur Polizei!«, schreit Svenja. »Hier werden keine Anzeigen zurückgezogen, das könnt ihr aber glauben! Jetzt haben wir den Beweis!«
Thomas sieht Karin fragend an.
»Versuchen könnt ihr es ja«, sagt Karin.
»Ich geh nicht mit«, sagt Niklas.
»Na komm«, sagt Svenja.
In diesem Augenblick läutet das Telefon.
Am anderen Ende ist alles tot.

»Sie haben gesagt, sie haben nicht nur das Schloss aufgebrochen, sie haben auch das Kaninchen ...!«, sagt

Svenja. Dann sieht sie auf Niklas. Sie ist still.
»Begreifen Sie nicht? Ich hab das alles gehört! Ist das kein Beweis?«
Der Polizist schüttelt den Kopf. »Nein«, sagt er.
»Und dass die sich halb totgelacht haben über Sie?«, schreit Svenja. »Ist Ihnen das auch egal? Dass die gesagt haben, die Bullen sind so bescheuert, die würden nicht mal merken ...«
»Egal ist mir gar nichts«, sagt der Polizist müde. »Ich sage nur, dass das Gericht das Verfahren niederschlagen wird. Es ist eine Bagatelle. Und du solltest dir das alles nicht so zu Herzen nehmen.«
Niklas lehnt an der Wand. In der Neunten gibt es diese Katja, die hat auch Connections. Wenn er mit der redet, kann sie welche holen, die schlagen Karl tot. Alle sagen, dass sie Connections hat.
»Die Anrufe fangen auch wieder an«, sagt Thomas.
»Beantragen Sie eine Fangschaltung«, sagt der Polizist. »Lassen Sie sich eine neue Nummer geben. Ohne Eintrag. Und steigern Sie sich doch bitte nicht so in diese Sache hinein. Bei Licht betrachtet ist das Ganze doch eher ...«
»Ein Dummejungenstreich?«, fragt Thomas. »Ja? Es kann doch nicht sein, dass man völlig machtlos ist! Ich glaub es einfach nicht! Dies ist schließlich ein Rechtsstaat!«
Der Polizist sieht Niklas an.
»Neulich haben sie hier einen Jungen zusammengetreten«, sagt er. »Er liegt noch im Krankenhaus. Mindestens fünf Jugendliche standen dabei. Aber keiner kannte die

Täter.« Er verzieht keine Miene. »Der Junge im Krankenhaus auch nicht. Wahrscheinlich waren die alle blind, oder was soll man denken. Da kann man nichts machen.«

»Und«, sagt Niklas.

»Und neulich war an unserem Streifenwagen der Lack zerkratzt«, sagt der Polizist. »Nicht nur ein bisschen. Vollständig, überall. Der Wagen war hier auf unserem Parkplatz abgestellt, und jemand hatte sogar sein Zeichen eingeritzt. Wir kannten das Zeichen. Das sollten wir ja auch.«

»Wie kann man so blöd sein!«, sagt Svenja.

Der Polizist sieht nicht zu ihr hin.

»Wir hatten Glück, es gab einen Zeugen, dreizehn Jahre. Wir haben auf ihn eingeredet, mit den Eltern gesprochen, schließlich war er bereit auszusagen. Er hat das Protokoll unterschrieben, seine Eltern waren einverstanden. Er hatte ziemlich Angst.«

»Gut!«, sagt Svenja. »Da hatten Sie den Typen.«

»Die Sache ist niedergeschlagen worden«, sagt der Polizist. »Der Zeuge hat Angst jetzt. Er sagt, er will Personenschutz. Wir haben ihm gesagt, wir können dreizehnjährigen Jungs keinen Personenschutz geben.«

Jetzt sieht der Polizist Thomas an.

»Ziehen Sie die Anzeige zurück«, sagt er. »Geben Sie diesen Jungen nicht auch noch die letzte Genugtuung, dass sie vom Gericht schriftlich bestätigt bekommen, wie sehr sie alle an der Nase herumführen können.«

Thomas dreht sich um. Er öffnet die Tür.

»Nein«, sagt er.

Morgens nimmt Niklas schon lange einen Bus früher. Jetzt weiß Karin auch, warum. Karin ist einverstanden.
Es ist am Morgen, nachdem Karl sein Quix zertreten hat, als Frau Römer sich plötzlich neben ihn setzt.
»So früh, Niklas?«, sagt sie. »Mein Auto ist zur Inspektion. Ich dachte, um diese Zeit treffe ich noch keine Schüler.«
Niklas wird rot. Was soll man mit Lehrern reden.
»Aber vielleicht ist das ganz gut so«, sagt Frau Römer. »Weil, weißt du, Niklas, eigentlich wollte ich schon längst mal mit dir sprechen. Du machst die Hausaufgaben unregelmäßig. In der Schule bist du mit den Gedanken sonst wo. Niklas?«
»Weiß ich auch nicht«, murmelt Niklas. Er hofft, dass die Werkstatt heute feststellt, dass Frau Römers Auto in Ordnung ist. Nur nicht jeden Morgen mit ihr fahren.
»Und deine Noten«, sagt Frau Römer. »Du weißt, dass das alles nicht gut aussieht, Niklas.«
Niklas antwortet nicht. Er hat das Gefühl, dass sein Kopf sich ausdehnt, immerzu, größer wird, rot.
»Niklas!«, sagt Frau Römer. Dringlicher jetzt. »Willst du nicht mit mir reden? Und dann ist da noch die andere Sache. Mit Karl. Was ist da eigentlich los zwischen euch? Kann man da denn gar nichts machen?«

Niklas schluckt. Warum fragt sie, wenn sie seine Erklärungen doch nie glaubt. »Ich hasse ihn«, murmelt er. »Ich hasse ihn.«
»Niklas!«, sagt Frau Römer. Die Leute im Bus sehen geradeaus. »Es fing doch so gut an mit euch! Denk doch mal an euer tolles Referat! Ich habe die neue Sitzordnung fertig, und ich glaube ...«
»Nein«, murmelt Niklas. Er wird nicht schreien, wenn er mit Frau Römer spricht. Aber er meint es genau so, als hätte er geschrien.

»Nein«, sagt Niklas.
»Niklas!«, sagt Frau Römer. »Da drüben, neben Karl.«
Niklas sieht auf seine Tischplatte. Ein wenig schüttelt er den Kopf.
»Niklas!«, sagt Frau Römer.
Niklas hat sie immer gemocht.
»Begreifst du denn nicht, dass dein Verhalten jetzt gerade für Karl sehr kränkend ist?«, sagt Frau Römer. »Niklas? Setz dich jetzt bitte ...«
»So einer kann mich gar nicht kränken«, sagt Karl. »Ich will auch nicht neben dem sitzen. Nie.«
Frau Römer sieht durch die Klasse.
»Hendrik, dann geh du zu Karl«, sagt sie. »Und du, Niklas, wirst dann ohne Nachbarn auskommen müssen.«
»Danke«, murmelt Niklas.
»Das war jetzt frech, Niklas«, sagt Frau Römer.

»Und du glaubst, dass du damit durchkommst?«, sagt Karl an der Bushaltestelle und drängt Niklas gegen den Zaun. »Hä? Hä?«
Niklas sieht auf den Boden. Im Kopf spürt er ein Sausen.
»Mich bei meinem Vater anschwärzen?«, sagt Karl. »Hä? Damit ich Ärger kriegen soll, oder was? Hä?«
Er schlägt Niklas mit dem Handrücken unter das Kinn.
»Dafür wirst du bezahlen, kleine Ratte!«, sagt Karl. »Für alles, was du mir angetan hast, wirst du bezahlen! Du bist Schmutz ...«
Der Bus hält. Karl schlendert zur Tür.
Der Busfahrer wartet, er sieht Niklas ungeduldig an.
Niklas schüttelt den Kopf.
Als der Bus fährt, lehnt Niklas sich gegen den Zaun.
Karl soll tot sein.
Karl.
Man soll Menschen nicht hassen. Man soll Menschen nicht hassen.
In welcher Welt leben die eigentlich.

Dann kommt der erste Anruf.
»Na du kleine Ratte?«, sagt Karl. »Zitterst du, wenn du mich hörst? Ich krieg dich, du Wichser, noch einmal petzt du nicht bei deinen Alten, sonst wollen die dich nicht mal mehr als Hunde-

futter, ist das klar? Ich bin Karl, und Karl ist Gott ...«
Niklas knallt den Hörer auf. Das ist gar nichts. Das bedeutet nichts. Er muss keine Angst haben, es ist nur Karl.
Wo leben sie denn.

»Geh doch mal ran!«, ruft Karin. »Mein Gott, Niklas, ich hänge hier Wäsche auf und du sitzt direkt neben dem Telefon, und trotzdem ...«
»Ich dachte, das wäre für dich«, sagt Niklas.
»Aufgelegt!«, sagt Karin. »Beim nächsten Mal gehst du aber ran.«
»Ja«, sagt Niklas.

»Vergiss es nicht!«, sagt die Stimme am Telefon. »Nichts Mami und Papi petzen! Was zwischen dir und mir ist, ist zwischen dir und mir! Aber wenn du es trotzdem tust ...«
Niklas knallt den Hörer auf. Albern.
Er hat keine Angst.
Es läutet.
»Ja?«, sagt Niklas.
»Was glaubst du wohl, was ich mit dir mache, Schmutz?«, sagt Karl. »Das kannst du dir noch nicht mal vorstellen, das hast du noch nicht mal im Fernsehen gesehen, du Abschaum, danach wollen sie dich nicht mal mehr ...«
Niklas legt den Hörer auf.

Er geht in sein Zimmer und nimmt den Kasten vom Regal.
Es stimmt, er ist zu alt für Lego Technik.
Es macht keinen Spaß mehr, sosehr er es auch versucht.
Im Wohnzimmer klingelt das Telefon. Aber Niklas geht nicht hin.

»Hundertmal heute Nachmittag!«, sagt Karin, als Thomas nach Hause kommt. »Wirklich, alle fünf Minuten! Und wenn ich rangegangen bin, war alles tot. Niemand hat sich gemeldet.«
»Warum bist du denn noch rangegangen?«, fragt Thomas. »Lass es doch läuten.«
»Ununterbrochen?«, sagt Karin ärgerlich. »Ohne Pause, zehn Minuten, zwanzig Minuten, eine Stunde? Weißt du, dass man da durchdreht?«
»Dann leg den Hörer daneben«, sagt Thomas. »Dann verliert der Anrufer die Lust.«
Karin lächelt spöttisch. »Was glaubst du wohl, warum es jetzt nicht klingelt?«, fragt sie.
Thomas springt auf. »Du hast den Hörer daneben gelegt?«, sagt er. »Nein, jetzt geht das aber nicht! Ich erwarte einen wichtigen Anruf von ...«
Es klingelt.
Thomas hebt den Hörer ab.
»Tot«, sagt er.
Karin lächelt.
Das Telefon klingelt.

Thomas hebt ab.
»Wieder«, sagt er.
Das Telefon klingelt.
Thomas überlegt. Er hebt den Hörer ab. »Ja?«, sagt er.
Dann brüllt er in den Hörer. »Lassen Sie das!«, brüllt er. »Ich lasse eine Fangschaltung installieren! Ich zeige Sie an!«
Das Telefon klingelt.
»Leg den Hörer daneben«, sagt Karin.

»Karl?«, sagt Thomas. »Aber warum sollte der denn ...«
»Warum!«, schreit Niklas.
»Es könnte doch sein«, sagt Karin.
»Er hat mich heute Nachmittag auch angerufen«, sagt Niklas.
Wenn du noch einmal petzt bei deinen Alten, wollen sie dich nicht mal mehr als Hundefutter.
»Er hat mich beschimpft und bedroht.«
»Ich glaub's dir«, sagt Karin.
»Und wenn du nicht dran bist, sondern wir, legt er auf?«, sagt Thomas. »Und das macht er den ganzen Nachmittag? Hat der so viel Zeit? Wird es dem nicht irgendwann langweilig?«
»Vielleicht hat er Wahlwiederholung gedrückt«, sagt Niklas.
Thomas steht auf. »Ich muss Menzer anrufen«, sagt er. »Erklären, dass er mich heute telefonisch

nicht erreicht. Klären, wann ich ihn anrufen kann.«
»Warum tut der so was«, sagt Karin.

Als Thomas um Mitternacht ins Bett geht, legt er den Hörer wieder auf.
Das Telefon klingelt.
Thomas hebt den Hörer ab.

»Nein«, sagt Thomas auf dem Weg nach Hause. »Nein. Es käme mir vor wie – als hätte ich alle Hoffnung auf Gerechtigkeit aufgegeben. Jedes Vertrauen in die Gerechtigkeit. Wir ziehen die Anzeige nicht zurück.«
»Das war gut von dir, Thomas«, sagt Svenja. »Und ich glaube auch nicht, dass der Polizist Recht hat. Das kann ja gar nicht sein. Ich glaub's einfach nicht.«
»Niklas?«, sagt Thomas.
»Ich hab in der Schule wieder Ärger mit Karl gehabt«, sagt Niklas. »Ich sollte wieder mit Karl in eine Gruppe.«
»Arbeitsgruppe?«, fragt Svenja.
Niklas nickt. »Frau Römer hasst mich«, sagt er.
Thomas strubbelt Niklas durchs Haar.
»Ich ruf sie an«, sagt er. »Bisher hab ich die Schule da rausgehalten. Da hat er dir schließlich nie was getan. Aber wenn diese Frau Römer ...« Thomas schließt die Haustür auf.
»Ich ruf sie an«, sagt er.

Thomas hat sich getäuscht.
Frau Römer entschuldigt sich nicht, sagt nicht, mein Gott, wenn ich das alles früher gewusst hätte. Fragt nicht: Aber warum hat Niklas mir denn nicht schon längst davon erzählt!
Frau Römer ist nachdenklich. Verhalten.
Wenn da, sagt sie, Aussage gegen Aussage stünde, die von Karl gegen die von Niklas; wenn Karl sogar noch einen Zeugen hätte für seine Version ...
»Verstehen Sie!«, sagt Frau Römer. »Ich habe ja von

Anfang an diese übermäßige irrationale Abneigung bei Niklas gespürt. Von Anfang an hat er Karl keine Chance gegeben. Und nur, weil Karl, das gebe ich ja zu, so abweisend auftritt, so kalt. Aber das mussten wir doch alle irgendwann lernen, dass man in so einem Fall ...«

»Aber Karl hat ihn mehrfach überfallen!«, ruft Thomas.

Frau Römer seufzt.

»Behauptet Niklas«, sagt sie. »Wissen Sie, Jungs in dem Alter ... Karl sagt, dass Niklas lügt, und ein Zeuge bestätigt Karls Aussage. Was erwarten Sie also von mir? Wem soll ich glauben?«

Thomas schweigt.

»Versuchen Sie, mich zu verstehen«, sagt Frau Römer. »Ich sehe ja selbst, dass Karl manchmal ... Aber Niklas' Verhalten in diesem ganzen Schuljahr – ich glaube, Niklas macht gerade irgendeine Krise durch. Seine Leistungen sind auch ...«

»*Karl* ist seine Krise!«, ruft Thomas.

»Kann es nicht sein, Sie machen es sich da zu einfach?«, sagt Frau Römer. Vorsichtig. »Zur Zeit hat Niklas in Latein eine Fünf, in Englisch, in Mathematik. In Deutsch wird es vielleicht noch eine Vier, in Geschichte ... Irgendwas ist bei Niklas im Augenblick ganz durcheinander. Das haben Sie doch sicher auch schon gemerkt?«

Thomas schluckt.

»Heißt das, er muss die Klasse wiederholen?«, fragt er.

»Wenn ich ganz ehrlich sein soll, würde ich die Realschule empfehlen«, sagt Frau Römer. »Auch da wird Niklas noch genug zu arbeiten haben.«

»Danke«, sagt Thomas.
»Es tut mir so Leid«, sagt Frau Römer.

»Du Virus von einer Missgeburt«, sagt Karls Stimme. Als Niklas nach Hause gekommen ist, lag der Hörer auf der Gabel. Er hat abgenommen.
»Du bist nichts als ein Haufen Scheiße, du widerlicher Schleim! Ich tue der Welt nur einen Gefallen, wenn ich dich ...«
Niklas legt den Hörer auf. Dann legt er ihn neben das Telefon.
»Er hat wieder angerufen«, sagt Niklas, als Karin nach Hause kommt. »Karl.«
»Dann ist er das auch«, sagt Karin. »Dann war der das auch gestern! Ich ruf die Eltern an, ich hab jetzt die Nase voll.«
Niklas will sich neben sie stellen, aber Karin winkt ihn vor die Tür.
Wenn du petzt, wollen sie dich nicht mal mehr als Hundefutter.

»Na?«, sagt Niklas.
Karin schlägt mit der Faust gegen die Tür. »So ein Idiot!«, sagt sie.
»Natürlich ist Karl es nicht gewesen, sagt sein Vater. Ob wir Beweise hätten? Langsam hätte er die Nase voll.«
»Ich auch«, sagt Niklas.
Karin muss lachen. »Ich auch«, sagt sie. »Ich habe ihm erklärt, dass wir seinen Sohn anzeigen. Es reicht uns jetzt, habe ich gesagt. Und wenn Sie als Vater nichts tun ...«

»Und?«, sagt Niklas.
Hundefutter.
»Das sollen wir doch bitte schön tun, hat er gesagt. Uns wäre doch wohl klar, dass wir damit gar nichts erreichen würden. Es wären schließlich alles Bagatellen. Und dann auch noch ohne Beweise. Die es ja auch nicht geben könne. Weil sein Sohn ja nichts getan hätte.«
»Stimmt das?«, sagt Niklas. »Das stimmt doch nicht.«
Karin zuckt die Achseln.
»Keine Ahnung«, sagt sie. »Aber es kann schon sein. In einem Rechtsstaat braucht man Beweise. Und Gott sei Dank.«
»Wieso Gott sei Dank«, sagt Niklas.

Dann stellt er den Kassettenrekorder neben das Telefon. Legt den Hörer wieder auf.
Er braucht nur zu warten.
»Hast du also doch gepetzt?«, sagt Karls Stimme. »Hä? Hä? Sag was, du kleiner Scheißer, glaub nicht, dass ich nicht Ernst mache! Du miese kleine Ratte! Für Auswurf wie dich ist kein Platz auf dieser Erde! Hörst du das, Schmutz? Dich haben sie hingekotzt, du bist ein Klumpen Kotze, ein Fäkalienberg, Schmutz, weißt du überhaupt, was das ist? Du musst verschwinden vom Angesicht der Erde, aus meinem Angesicht, denn ich bin Gott! Hast du gehört, Ratte, ich will dich nicht mehr

sehen, verpeste mir nicht meine Luft, Gott lässt nicht mit sich spaßen! Und glaube nicht, dass ich nicht Ernst mache, du kleiner Scheißer! Dann guckst du, wenn dein Fahrrad Schrott ist! Oder dein süßes, süßes kleines Kaninchen! Soll ich dein Kaninchen hinmachen, Scheißer? Soll ich ...«

Thomas' Hand schlägt auf die Gabel.

»Es ist verboten, Telefongespräche mitzuschneiden«, sagt er. »Lass das also.«

»Aber das ist der Beweis!«, ruft Niklas. »Das ist der Beweis, dass Karl es war mit den Anrufen!«

»Es ist der Beweis, dass Karl *diesmal* angerufen hat«, sagt Thomas. »Sonst gar nichts. Und wenn du das mit zur Polizei nimmst, kriegst *du* vielleicht noch den Ärger. Telefongespräche darf man nicht mitschneiden.«

»Aber wir können uns doch nicht alles gefallen lassen!«, schreit Niklas.

Thomas zuckt die Achseln.

»So ist das nun mal«, sagt er.

Der Himmel sieht aus wie in Vampirfilmen, Wolken jagen vor dem Mond.
»Rex!«, schreit Niklas. »Rexo, Rex! Er ist weg, wo bist du, Rex, wo bist du!«
»Niklas!«, sagt Karin und packt ihn an den Schultern. Rüttelt ihn, hart. »Niklas, beruhige dich! Wir finden ihn wieder!«
»Rex«, schreit Niklas. »Rexo!« Dann stößt er einen Ton aus, hoch und schrill, einen Ton abgrundtiefen Schmerzes, lang gezogen, nicht enden wollend.
Karl hat es also getan.

Das Schreiben vom Gericht kommt in einem kleinen grauen Umschlag.
Es ist an Thomas adressiert, Thomas hat die Anzeige eingereicht.
Aber Thomas ist nicht zu Hause. Und Niklas kann nicht warten.
Er reißt den Umschlag auf.

Ich mach ihn tot.
Ich bring ihn um, ich schwör, ich mach ihn tot, ich tret ihm so die Fresse ein, dass er niemals mehr …
Ich mach ihn tot.
Ich bring ihn um, ich schwör.